Ingrid Metz-Neun

Wenn der Verstand Pause macht, höre auf dein Herz

Ingrid Metz-Neun

Wenn der Verstand Pause macht, höre auf dein Herz

Lebens- und Liebesgeschichten

FSC
www.fsc.org
MIX
Papier aus ver-
antwortungsvollen
Quellen
Paper from
responsible sources
FSC® C105338

Immer wieder passieren Dinge im Leben und kommt es zu Begeg-
nungen, die einen zwingen, eine Entscheidung zu treffen. Gut, wenn
man dann eine starke innere Stimme hat und auf sie hört. Aber
besonders in jungen Jahren ist man gern unvernünftig und macht
genau das nicht.

Ingrid Metz-Neun, Jahrgang 1950, Schauspielerin, Sprecherin, Regis-
seurin, Autorin. Lebt nach vielen Großstadtjahren in einem kleinen
Ort an der Nordsee. Sie schreibt Geschichten, Gedichte und kleine
Romane über das Leben.

ISBN: 9783748167198

Cover, Layout und Satz: Joachim Schüler, Fulda
© Coverbild: Mona Tatjana Weber
Herstellung und Verlag: BoD - Books on Demand GmbH, Norderstedt,
www.bod.de

*Jede große Liebe ist die Geschichte
großer Geduld.*

Anonym

*Liebe vermehrt sich, wenn man sie unter
mehrere Männer aufteilt.*

Jeanne Moreau

ULI

ERWACHEN

Hey, wo war ich denn hier gelandet? Ich traute meinen Augen nicht. So betrunken konnte ein Mensch doch gar nicht sein ... Ich biss mir auf die Unterlippe. Nein, ich befand mich in der Realität. Aber in welcher? Mein Erinnerungsvermögen ließ mich im Stich. Ich schaute mich vorsichtig um und inspizierte die Umgebung in allen Einzelheiten. Mein Kopf fühlte sich an wie ein zu groß geratener Kürbis, deshalb versuchte ich, jede Bewegung zu vermeiden.

Daran bestand jedoch kein Zweifel: Ich lag nackt in einem Bett von ungeheuren Ausmaßen. Es war aus ziegelroten Backsteinen gebaut. Die Bettwäsche war aus dunkelrotem Satin. Das Muster der Kissenbezüge kam mir irgendwie bekannt vor. Natürlich! Eine Freundin besaß ein Seidentuch, das ähnlich aussah. Ganz stolz hatte sie es in der Schauspielschule allen gezeigt, die es sehen wollten – oder auch nicht.

„Das hat mir mein Freund, der Fabrikant, aus Paris mitgebracht. Ein echtes Hermès-Tuch!" Und bei der Aussprache von Hermès hatte sie – ganz französisch – das H nicht mitgesprochen. So viel also zu den Kissen.

Am Fußende des Bettes befanden sich rechts und links schmiedeeiserne Pfosten. Über einem hing ein wunderschöner, seidener Morgenmantel. Halb auf dem Bett und halb auf dem Boden lag eine große Felldecke. Sie erinnerte mich an den abnehmbaren Fuchskragen auf dem schwarzen Wintermantel meiner Mutter. Der tote Fuchs konnte sich in den Schwanz beißen, und dann war der Kragen geschlossen. Als Kind hatte ich schreckliche Angst davor und war froh, wenn er den Sommer über eingewickelt in ein Leinentuch auf dem Dachboden verbringen musste.

Also wenn es Fuchs war, dann musste für diese Decke ein ganzes Rudel geopfert worden sein. Gegenüber dem Bett befanden sich riesige Einbauschränke, die bis unter die Decke reichten. Einzelne Türen, die offen standen, waren innen und außen verspiegelt. Aber damit nicht genug. Über dem Bett hing ein Spiegel, mindestens zwei auf zwei Meter, mit einem üppigen goldenen Rahmen, der sehr gut in den Spiegelsaal eines Louis XV. gepasst hätte. Diese Anhäufung von „nackter Venus" unzählige Male über, vor und neben mir half keineswegs, meinen Kürbiskopf klarer zu bekommen. Ich beschloss, vorsichtig aufzustehen und mich auf die Suche nach einem Badezimmer zu begeben. Denn ich musste mal dringend.

Nachdem ich drei falsche Spiegeltüren geöffnet hatte, landete ich schließlich in einem, ganz in verschiedenen

Grüntönen gekachelten Raum und erblickte zu meiner Freude eine Toilette. So schnell ich darauf saß, so schnell war ich auch wieder aufgesprungen, denn beim Hinsetzen neigte sich die Klobrille und gab ein komisches Geräusch von sich, außerdem wurde ich abwechselnd mit warmem Wasser berieselt oder mir wurde Luft zugefächelt.

Ich ging zum Waschtisch. Automatisch kam lauwarmes Wasser aus einem goldenen Hahn. Ich wusch mir das Gesicht und während ich mich mit einem flauschigen goldenen Handtuch abtupfte, kam ich langsam wieder zu mir.

Nachdem ich mich an den ungewöhnlichen Toilettensitz gewöhnt hatte, unternahm ich einen zweiten Versuch. Erst jetzt bemerkte ich, dass leise Musik spielte, die, wie ich später herausfinden sollte, beim Betreten des Bades automatisch einsetzte.

Allmählich setzte auch meine Erinnerung wieder ein. Gleichzeitig verspürte ich einen unbändigen Durst, und deshalb nahm ich mein Herz in die Hand, schlüpfte in den wunderschönen seidenen Morgenmantel und erkundete weiter das Haus.

Die Küche war in den Wohn- und Essbereich integriert. Auf der Theke lag eine Nachricht. Ich war begeistert von dem Schriftbild. Meine „Sauklaue" konnte selbst ich manchmal kaum entziffern. Diese hier sah aus wie eine Grafik.

Da stand in Großbuchstaben:

LIEBE ZAUBERFEE! ICH DANKE IHNEN FÜR DIE

WUNDERBAREN STUNDEN, DIE ICH IN IHRER GESELLSCHAFT VERBRINGEN DURFTE. LEIDER MUSS ICH SEHR FRÜH AUS DEM HAUS, BRACHTE ES ABER NICHT ÜBERS HERZ, IHREN SÜSSEN SCHLAF ZU STÖREN.

WENN SIE DIE KAFFEEMASCHINE AUF „ON" STELLEN, HABEN SIE GLEICH DUFTENDEN KAFFEE. CROISSANTS LIEGEN IM BROTKASTEN.

WENN SIE DAS HAUS VERLASSEN, BRAUCHEN SIE NUR DIE EINGANGSTÜR HINTER SICH ZUZUZIEHEN. DIE ALARMANLAGE IST DANN AUTOMATISCH AKTIVIERT. ALSO DANN BITTE NICHT MEHR TÜR ODER FENSTER BERÜHREN, SONST WIRD ALARM AUSGELÖST.

ICH WÜNSCHE IHNEN EINEN ERFOLGREICHEN TAG UND WERDE MIR ERLAUBEN, SIE HEUTE ABEND ANZURUFEN.

IHR ERGEBENSTER ULRICH.

Ich stellte die Kaffeemaschine auf „on", und während mir der würzige Duft in die Nase stieg, dachte ich, auf die gekachelte Arbeitsplatte gestützt, nach. Ulrich. Wie war das gestern gewesen?

FRED

Ich hatte nach der Schauspielschule geduscht, Haare gewaschen und mich sorgfältig geschminkt und frisiert. Dann hatte ich eine Auswahl an Kleidern über den Arm geworfen, Handtasche und Schminkkoffer geschnappt und war in Windeseile die fünf Stockwerke hinuntergerannt, weil ich mit einem Blick zur Wanduhr festgestellt hatte, dass ich mal wieder zu spät dran war. In meinem klapprigen R4 fuhr ich zu der verabredeten Stelle, einem Park mit Kinderspielplatz, wo Fred, der Fotograf, bereits ungeduldig wartete. An der Art, wie er seine Zigarette austrat, merkte ich, dass er etwas stinkig war.

„Das geht so nicht, Baby", raunzte er mich an, „gewöhn dir doch mal an, pünktlich zu sein. Ich hab noch einen Anschlusstermin. Außerdem ging es mir um ein ganz bestimmtes Licht. Das fangen wir jetzt nicht mehr ein."

„Was soll ich anziehen? Ich bin schon geschminkt. Sind meine Haare so okay?"

„Ja, bleib so. Geh mal da rüber zu dem Ginkgo und knöpf deine Bluse auf", knurrte er schon etwas versöhnlicher.

„Meinst du diesen Baum hier?"

„Na klar, was denn sonst."

„Entschuldige, aber du weißt doch, ich bin blond und blöd." Und dann knöpfte ich brav meine Bluse etwas weiter auf und lehnte mich an den Baum mit den hübschen Blättern, die ähnlich einem Herz, nein fast wie ein Fächer aussahen, brach eines ab und spielte versonnen damit.

„Ja, bleib so", sagte Fred, während er in den verdrehtesten Stellungen vor mir kniete, um gekonnt ein Stückchen Himmel, Baum und Mädchen einzufangen.

Ich war beileibe nicht schön, aber ich ließ mich angeblich gut fotografieren. Nicht im Ganzen, wie ich bemerkt hatte, sondern in Teilen. Ja tatsächlich, mein Gesicht, meine Haare, meine Hände, meine Brüste, meine Füße waren für sich betrachtet wunderschön, aber irgendwie schien alles zusammen nicht zu meinem Körper zu passen.

Egal, Fred fotografierte für verschiedene Illustrierte. Eines Tages war er in die Schauspielschule gekommen und hatte angeboten, kostenlose Set-Karten von denjenigen zu machen, die er dann mittels seiner Kartei vermarkten durfte.

Ich hatte Glück gehabt, als ich schon kurze Zeit später auf der Titelseite einer drittklassigen Teenie-Zeitschrift erschien, die scheinbar von genügend Leuten gelesen wurde, die mit Werbung zu tun hatten. Jedenfalls verdiente ich mir mein Schulgeld nun mit Aufnahmen für ein neues Topf-Set oder Nagellackentferner oder eben für jenen wunderwirkenden Ginkgo-Saft aus den Blättern des chinesischen Ginkgo-Baumes, der als Nacktsamer mit den Nadelhölzern verwandt ist und sowohl vorbeugend gegen Alzheimer und Demenz als auch bei Durchblutungsstörungen und Migräne helfen soll, wie mir Fred lang und breit erläuterte.

Jedenfalls hatte er lange gesucht, bis er ein solches Exemplar bei uns gefunden hatte, und schoss jetzt in affenartiger Geschwindigkeit ein Foto nach dem anderen.

„Sag mal, hat das auch was mit dem Ginseng-Saft zu tun, den manche bei uns in der Schule trinken? Der soll unheimlich scharf machen", wollte ich wissen.

„Nein, natürlich nicht", belehrte mich Fred. „Der wird aus der Wurzel des Ginsengs gewonnen, und das ist ein Efeugewächs aus China. Ginkgo ist ein Baum, der kommt auch aus China, ist aber in Europa äußerst selten. Du bist wirklich blöd."

Wir mussten beide lachen, denn er wusste, dass ich seine lehrerhafte Art mochte. Außerdem gibt es nichts Besseres, als sich beim Fotografieren zu unterhalten, denn dadurch werden die Bilder viel natürlicher.

„Schade, es wird zu dunkel. Komm, wir machen Schluss. Es müsste was dabei sein."

Damit packte er seine Kameras und unzähligen Objektive ein.

„Ich muss noch nach Bad Homburg zu einem Industriellen, dessen Yacht heute Abend getauft wird. Komm doch mit, wenn du Zeit hast. Ist bestimmt ganz interessant."

„Meinst du, ich kann da einfach so mitkommen?"

„Klar, als meine Assistentin."

BAD HOMBURG

Gesagt, getan. Als ich jedoch hinter Fred die Privatstraße zu dem pompösen Anwesen herauffuhr, wurde mir ganz mulmig. Große Limousinen parkten einträchtig nebeneinander, darunter diverse Rolls Royces und etliche Exoten, die ich nicht kannte. Am liebsten hätte ich mich jetzt doch verkrümelt, aber dann siegte die Neugier. Zumal ein netter Herr auf mich zukam und mich fragte, wohin ich wollte, und mir sofort einen Parkplatz zuwies, nachdem ich ihm gesagt hatte, dass ich die Assistentin von Herrn Möller sei.

Pflichtbewusst trug ich dann die Alukoffer und ging Fred zur Hand, der in aller Ruhe seine Stative aufbaute und genau im richtigen Moment mit seinen Vorbereitungen fertig war, als ein weißhaariger, hagerer Mann eine Flasche Champagner über der auf Holzbohlen aufgebockten Yacht ausgoss, eine kurze Rede hielt und mit den Worten endete: „Und so taufe ich dich auf den Namen Christina!"

Dezenter Applaus und Bravo-Rufe des erlesenen Publikums, das sich dann bald im Garten zerstreute, wo unter unzähligen Lampions ein Buffet aufgebaut war.

Das Motorboot gehörte jetzt uns, und Fred fotografierte jedes Detail. Ich hatte so etwas Tolles noch nie gesehen und konnte mir nicht verkneifen, mich in die schneeweißen Lederpolster gleiten zu lassen und zärtlich über das Walnussholz zu streicheln.

„Gefällt es Ihnen?", fragte eine angenehme Stimme hinter mir.

Ich drehte mich um und erblickte einen Herrn von nicht weniger angenehmer Optik. „Oh ja", hauchte ich ehrfürchtig.

„Es war schon eine Herausforderung, auf so kleinem Raum all meine Ideen unterzubringen."

„Haben Sie es gebaut?", fragte ich.

„Ja, entworfen und gebaut. Morgen früh bringen wir es runter nach Marseille. Bin gespannt, ob es auf dem Wasser hält, was es verspricht."

Zum Glück rief in dem Moment der Gastgeber nach ihm und er meinte rasch: „Verzeihen Sie, ich bin gleich wieder da."

„Kennst du den?", fragte ich Fred.

„Klar, das ist der kreative Kopf hinter diesem Imperium. Dem Weißhaarigen gehören zweihundert Firmen. Christina ist seine dritte Frau, seine ehemalige Sekretärin. Er ist sehr krank. Der kann sein ganzes Geld gar nicht mehr genießen. Aber der van Uhlen, Ulrich van Uhlen, das ist der große Blonde, der dich gerade angesprochen hat, der ist ein Genie. Von Haus aus Architekt, aber eher ein Erfinder. Du, der kommt zurück, sei nett zu ihm. Ich mach mich dann langsam auf die Socken, bin soweit fertig. Hanne wartet auf mich."

Und ehe ich noch etwas sagen konnte, hatte Fred seine Alukoffer geschnappt und war bereits auf dem Weg zu seinem Auto.

DER ABEND

„Entschuldigen Sie, dass ich Sie so habe stehen lassen …"
„Aber ich bitte Sie, das macht doch nichts. Wir sind fertig mit unserer Arbeit, und ich möchte mich verabschieden", antwortete ich schnell.
„Das kommt gar nicht in Frage, Sie haben ja noch nichts gegessen. Schauen Sie sich das herrliche Buffet an."
Ein kurzer Blick sagte mir, dass es bereits ziemlich leergefegt war, und ich musste lächeln. Gleichzeitig knurrte genau in dem Moment mein Magen so laut, dass es sich wie ein Hilferuf anhörte. Wir schauten uns in die Augen und mussten beide lachen.
„Ich bin doch gar nicht entsprechend angezogen und würde mich nicht wohlfühlen. Herzlichen Dank für die Einladung. Auf Wiedersehen."
„Ich bringe Sie zu Ihrem Wagen …"
„Nicht nötig, danke schön."
Ich winkte ihm zu und wollte mit einer flinken, elegan-

ten Bewegung von den Holzbohlen hüpfen, auf denen wir noch immer standen, als ich mit meinem Absatz hängen blieb und mich im letzten Moment gerade noch auffangen konnte. Wie peinlich!

„Kommen Sie, ich repariere Ihnen das gleich."

Ulrich reichte mir seine Hand, eine große raue und doch zarte Hand, und ich humpelte – meinen Absatz umklammernd – hinter ihm her.

Ein Kloß steckte mir im Hals. Dieser Mann faszinierte mich. Nur zu gern ließ ich mich von ihm entführen. Er sah aus wie der Schauspieler Curd Jürgens, nur jünger, und er hatte eine so angenehme tiefe, weiche Stimme, dass es mir Schauer über den Rücken jagte.

„So, da sind wir schon", lachte er, als wir nach ein paar Metern vor einem Haus stehen blieben, und erst als er ein paarmal vergeblich versucht hatte, mit dem Schlüssel das Türschloss zu treffen, merkte ich, dass er bereits einen gehörigen Schwips hatte.

„Setzen Sie sich, ich bin gleich wieder da", rief er mir über die Schulter zu und verschwand samt Schuh und Absatz. Ich blickte mich um. Von außen hatte das Haus wie ein überdimensionaler Pferdestall ausgesehen, allein die Eingangshalle war riesig. Mir gefiel diese Mischung aus Schlichtheit und Eleganz ungemein. Auf dem Steinfußboden lag ein wertvoller Teppich. Zwei uralte bequeme Sofas luden zum Verweilen ein. Daneben ein schlichter Tisch und eine alte Truhe, über der in einem dunklen Rahmen zwei Kühe weideten. Eine Skulptur in der Ecke interessierte mich besonders. Sollte das eine halbfertige mollige Frau sein oder ein Fisch senkrecht? Ich grübelte.

„Schauen Sie, wie neu", damit reichte er mir meinen intakten Schuh.

„Sehr lieb von Ihnen, Herr –"

„Van Uhlen, Ulrich van Uhlen, und Sie sind …?"

„Juliane Karg!"

Beinahe hätte ich einen Knicks gemacht, wie damals bei der Aufnahmeprüfung zur Schauspielschule. Männer einer gewissen Statur und Ausstrahlung flößten mir einfach Respekt ein.

„Was halten Sie davon, wenn ich uns etwas zu essen mache? Kommen Sie, leisten Sie mir Gesellschaft. Ich habe keine Lust mehr, zu den anderen zurückzugehen. Ich rufe ein paar Freunde an."

Ohne meine Antwort abzuwarten, begann er zu telefonieren. Wenig später stand er in der Küche, brutzelte Steaks und zeigte mir, wie er die Tomaten und Gurken für den Salat gern geschnitten haben wollte.

Seine Freunde trafen ein.

„Uli, das war eine tolle Idee, dass du uns von der langweiligen Party weggeholt hast!"

„Ihr dürft mich aber nicht verraten."

„Na, wir doch nicht."

„Darf ich euch Juliane Karg vorstellen."

Ein vielstimmiges „Hallo" und „nett, Sie kennenzulernen" hob an und war der Auftakt eines ungemein feuchtfröhlichen Abends. Da ich nichts im Magen hatte, wirkte der Alkohol sofort.

Ich erinnerte mich, dass irgendwann alle Gäste gegangen waren und Uli mich auf seinen starken Armen davontrug, und dann musste ich eingeschlafen sein. So sehr ich mich anstrengte, ich wusste nicht mehr, ob wir miteinander geschlafen hatten oder nicht. Ich wusste nur, dass ich mich irrsinnig in diesen Mann verknallt hatte, in seine Stimme, in seine Art. An seine Hände erinnerte ich mich dann doch und an seine Küsse. Ja, geküsst hatten wir uns – und mehr?

Ich las immer wieder seine Zeilen. „Zauberfee" nannte er mich, aber er duzte mich nicht. Was war bloß geschehen? Langsam trank ich den Kaffee. Dieser Mann war fast doppelt so alt und ein paar Nummern zu groß für mich, das war klar, aber ich wollte ihn unbedingt wiedersehen. Hoffentlich war das nicht nur eine Höflichkeitsfloskel: „Ich erlaube mir, Sie heute Abend anzurufen."

Er wollte doch nach Marseille. Und überhaupt, dass er mich einfach so zurückließ und scheinbar keine Angst hatte, ich würde ihm das Haus ausräumen. Ich musste mir alles noch einmal in Ruhe ansehen. Es war wirklich zu irre.

Hinter dem großzügigen Eingangsbereich verjüngte sich der Raum zur Diele mit Garderobe und Gäste-WC. Daneben seine „Werkstatt", wie er angemerkt hatte. Durch die Diele kam man in den Wohn- und Essbereich mit der offenen Küche. Meine Güte, da standen so viele Geräte, deren Zweck ich noch nicht mal kannte. Ich wusste, wie eine Brotbackmaschine, ein Mixer und ein Entsafter aussah, aber der Rest? Und dann erst die Sammlung diverser Messer in einem riesigen Holzklotz.

Im Essbereich befand sich, neben der aus alten dunklen Hölzern gezimmerten Bar, die alle Raffinessen aufwies, ein großer, runder heller Tisch mit einer Drehplatte in der Mitte. „Die hat Uli mal während eines Fondue-Essens erfunden, als er nicht schnell genug an die verschiedenen Soßen herankam. Jetzt genügt ein Dreh, und die gewünschte Schale steht vor dir", hatte mir ein Freund am Vorabend erzählt und demonstriert.

Jenseits dieses Bereichs, ein paar Stufen tiefer, war die gemütliche Kaminecke. Während eine Treppe mit Geländer, breit genug, um als Bücherregal zu dienen, hinauf zu einer Galerie mit überdimensionalem Schreibtisch führte.

Vom Wohnbereich ging ein indirekter Flur ab mit endlosen Einbauschränken und/oder Türen. Ich traute mich nicht, sie zu öffnen.

Hinter dem grünen Badezimmer lag die Sauna, und hinter dem Schlafzimmer eine weitere Badelandschaft mit Whirlpool, deren Glastüren man zum Garten hin öffnen konnte.

Wie viele technische Überraschungen dieses Haus noch bot, konnte ich auf Anhieb nicht erkennen.

„Uli hat ständig neue Ideen, und die meisten setzt er auch um. Und fast alle funktionieren", hatten mir seine Freunde berichtet. Uli schien sehr freigiebig und allgemein beliebt zu sein.

Ich zog mich an und das große Bettlaken glatt. Während ich überlegte, ob ich ihm eine Nachricht hinterlassen sollte, sah ich die Pistole, die in einem Halfter neben dem Bett hing. Ich erschrak.

„Sie müssen nicht erschrecken, junge Frau, aber seien Sie vorsichtig, die ist immer geladen. Ich musste mich auch erst an vieles gewöhnen. Aber jetzt diene ich Herrn van Uhlen schon seit sechs Jahren. Sie sind die Frau Karg, nicht wahr?"

Ich nickte und war immer noch starr vor Schreck.

„Ich bin Frau Meisel (sie sah der berühmten Schauspielerin auch tatsächlich ähnlich). Herr van Uhlen hat mir gesagt, dass ich Sie eventuell noch antreffe."

Dabei musterte sie mich ein bisschen zu neugierig, was mir unangenehm war.

„Ich bin aber gerade im Begriff zu gehen", sagte ich schnell.

„Kann ich nichts für Sie tun? Möchten Sie ein ausgiebiges Frühstück? Es ist alles da."

„Nein danke, sehr freundlich, ich muss wirklich gehen. Sagen Sie Herrn van Uhlen herzlichen Dank für den netten Abend. Auf Wiedersehen."

„Auf Wiedersehen, Frau Karg."

Frau Meisel folgte mir zur Tür und schaute mir noch lange nach, wie ich feststellen konnte, als ich mich auf der Suche nach meinem Auto mehrmals umblickte.

Bei Tag sah alles anders aus.

Was für ein Erlebnis! Ich setzte mich ans Steuer und atmete tief durch, bevor ich startete.

THEATERPROBE

Ich schwänzte die Schule, legte mich zu Hause noch eine Stunde hin und fuhr dann direkt nach Darmstadt zur Theaterprobe. Dort spielte ich mit einem kleinen Ensemble Boulevard. Es war eine Schinderei für wenig Geld, machte aber unendlich viel Spaß, und man lernte hier auf den schiefen, wackligen Brettern, die für viele bekanntlich die Welt bedeuten, mehr als in der Schauspielschule.

Unsere Lehrerin hielt nicht viel davon. Sie versuchte, uns nach dem Abschluss an renommierten Bühnen unterzubringen. Ich freute mich, schon jetzt praktische Erfahrungen sammeln zu können, denn ich hatte keine reichen Eltern, die mir das Schulgeld bezahlten und bei denen ich frei wohnen konnte.

Ich war im Streit von zu Hause weggegangen, lebte in einer winzigen Mansardenwohnung und jobbte mal hier, mal da, um mich über Wasser zu halten.

Ich war stolz auf meine Freiheit. Und ich wollte einmal ein Star werden, egal wie. Dazu war mir fast jedes Mittel recht. Ich wusste, ich musste noch sehr viel lernen, aber in diesem Beruf war auch vieles reine Glückssache. Vor allem musste man die richtigen Leute kennenlernen.

Aber wer sagte einem, wer die Richtigen waren und wo man sie traf? Mir waren schon so viele Schaumschläger begegnet. Kerle, die einem das Blaue vom Himmel versprachen und dabei nur auf eine kleine schnelle Nummer aus waren und dann „Tschüss und weg".

Dieser Uli war anders. Der hatte Klasse. Aber wie kam ich an ihn heran? Und warum musste ich mich gleich so phänomenal in ihn verlieben? Mit so vielen Schmetterlingen im Bauch war ich einfach zu manipulieren. Eine leichte Beute für einen gestandenen Mann wie ihn.

Ältere, erfahrene Frauen wie zum Beispiel Brigitte Horney, eine grandiose Schauspielerin, mit der ich letztes Jahr fürs Fernsehen gedreht hatte, sagten durchgehend, man dürfe sich nicht verlieben, wenn man ein Star werden wolle. Die Liebe stünde einer Karriere immer im Weg. Man müsse so tun, als ob und sich die Männer in einen verlieben lassen, um sie dann zu benutzen, aber niemals dürfe man sich selbst verlieben!

Also das wollte ich nicht. Ich war mehr oder weniger ständig in einen oder mehrere Männer verliebt oder glaubte zu lieben, bis ich mal wieder einsehen musste, dass es doch nicht der Richtige war. Aber auf dieses Gefühl wollte ich um keinen Preis verzichten. Nein im Gegenteil, ich wollte beweisen, dass man sehr wohl lieben, vielleicht sogar eine gute Ehefrau und Mutter sein, und trotzdem Karriere machen konnte.

Ich war sehr unkonzentriert bei der Probe. In einer Woche hatten wir Premiere mit „Match", einem Zwei-Personen-Stück, und ich war miserabel.

Uli hatte am Abend und auch an den folgenden Tagen nicht angerufen. Seine Privatnummer stand in keinem Telefonbuch, und die hochnäsige Sekretärin stellte mich nicht zu ihm durch.

Ich war verzweifelt und fuhr schließlich nach Bad Homburg. Wie ein Dieb schlich ich um das Anwesen. Ich klingelte bei ihm ... Nichts. Ich stand unschlüssig da und wartete. Es begann zu regnen. Der Sommer neigte sich seinem Ende zu. Mir wurde kalt.

Autos fuhren auffällig langsam an mir vorbei, die Männer darin beobachteten mich. Dann schoss ein Geländewagen rasant um die Ecke und stoppte vor mir. Uli stieg aus. „Zauberfee, was machen Sie denn hier? Kommen Sie doch ins Haus."

Ich war verwirrt. „Ich hatte solche Sehnsucht nach Ihnen", stammelte ich und merkte, dass es dumm war, so etwas zu sagen.

„Kind", sagte er und nahm mich in den Arm. Ich weinte. Er roch so gut. Der schwarze Kaschmir-Pullover war so weich. „Setzen Sie sich. Sie können das nicht verstehen. Ich werde versuchen, es Ihnen zu erklären."

RISIKOFAKTOR

Später, auf der Fahrt nach Hause, ging mir vor allem ein Satz nicht aus dem Kopf: „Sie sind ein zu großer Risikofaktor für mich. Ich kann mir das nicht leisten!"

Meine Wimperntusche war vom Regen und den Tränen verschmiert, wie ich nach einem kurzen und traurigen Blick in den Rückspiegel feststellte, da musste ich plötzlich auflachen. Nein, ich hatte wirklich nicht viel von Ulis Ausführungen verstanden, aber so viel stand fest: Wer am Schalthebel der deutschen Wirtschaft stand, musste für diese Macht einen hohen Preis bezahlen.

Jeder Schritt wurde mehr oder weniger überwacht. Die Männer in den langsam fahrenden Autos, die Uli informiert hatten, dass ich vor seinem Haus stand, gehörten dem BKA an. Sie hatten ausgiebig Informationen über mich eingeholt. Mein Lebenslauf passte nicht auf den „Promi-Hügel" des Weißhaarigen. Uli mochte mich, so viel stand fest. Aber ich wäre nie eine standesgemäße

Lebensgefährtin für ihn, höchstens die Rolle eines Call-Girls könnte ich übernehmen.

Das war aber das Letzte, was ich wollte. Die Schmetterlinge im Bauch und meine Verwirrtheit bei seinem Anblick waren so vehement, dass ich davon überzeugt war: „Für mich ist es Liebe!" Und für diese Liebe würde ich kämpfen. Die würde ich mir nicht so einfach ausreden lassen. Armer Uli! Dieser Mann musste kuschen, weil seinem Boss der Umgang mit mir nicht behagte.

Zu diesem Zeitpunkt wusste ich allerdings noch nicht, dass ich zufällig im selben Haus wie ein Mitglied der APO wohnte. Natürlich hatte ich von den Studentenrevolten gehört, und ich fühlte mich mit den Aufbegehrenden solidarisch, aber deshalb war ich noch lange nicht politisch aktiv. Eher war ich eine Mitläuferin. An meinem Geburtstag im Vorjahr war Benno Ohnesorg bei einer Demo in Berlin erschossen worden.

Nach dem Zweiten Weltkrieg, so schien es, waren alle viel zu sehr mit sich selbst und dem Wunsch nach neuem Wohlstand beschäftigt. Aber jetzt gor es unter den jungen Leuten. Sie fingen an, vieles zu hinterfragen und waren mit den Entscheidungen ihrer Eltern nicht mehr einverstanden.

Der Vietnamkrieg brachte in den USA das Fass zum Überlaufen. Die Folk-Sängerin Joan Baez unterstützte mit ihren Songs gegen den Krieg und für Gleichberechtigung die Studenten. Dann schwappte die Welle nach Europa über und gipfelte im Mai 1968 in den Studentenrevolten an der Pariser Uni Sorbonne. Frankreich versank für einige Tage im Chaos, weil sich auch die Arbeiter und mit ihnen die Gewerkschaften den Protesten angeschlossen hatten.

Daniel Cohn-Bendit, der Anführer der Studenten, war des Landes verwiesen worden und hatte sich in Frankfurt mit Joschka Fischer der Sponti-Szene angeschlossen, die mit Sit-ins und Hausbesetzungen für Unruhe sorgte.

Der rote Danny, wie er seiner Haarfarbe wegen auch genannt wurde, war zu diesem Zeitpunkt wahrscheinlich der bekannteste Student der Welt. Wir waren stolz, ihn in Frankfurt zu haben, überhaupt wurde auch an der Schauspielschule alles Französische plötzlich in. Wir rauchten Gitanes und Gauloises, liebten Baguette und Camembert. Wir probten Eugène Ionescos Die kahle Sängerin, ein Stück, das sich mir inhaltlich leider nie erschloss. Und jede von uns kannte den Text (ohne wirklich Französisch zu sprechen) von France Galls „Poupée de cire", mit dem sie 1965 den Grand Prix Eurovision de la Chanson gewonnen hatte, auswendig. Aber genauso hörten wir die Beatles und Rolling Stones – was jede Klasse in zwei Gruppen spaltete, je nachdem zu welcher Band man sich mehr hingezogen fühlte. Und als wichtigste Errungenschaft wurde kollektiv jeden Nachmittag die Anti-Baby-Pille geschluckt.

Ich konnte nicht ahnen, dass ich zwangsläufig ebenfalls observiert wurde, und sogar Fred. Bei ihm gab es irgendwelche Querverbindungen zu einem Rauschgiftring, dessen Mitglieder ihn vor Jahren einmal erpresst hatten und vor denen er immer noch heillose Angst hatte.

Das alles zeugte von einem untragbaren Lebenswandel in den Augen von Ulis Chef.

Mein Schwarm hatte immerhin ein rotes Telefon zum Wirtschafts- und Finanzminister. Zur Jagdgesellschaft dieser Herren passte ich nicht.

Aber irgendetwas musste doch in dieser Nacht passiert sein, etwas, das Uli zu der lieben Nachricht auf der Küchentheke bewogen hatte. Mir fehlten noch so viele Teile in diesem Puzzle.

PREMIERE

Ich gab nicht auf. Zunächst bündelte ich meine Kräfte und glänzte bei der Premiere von Match. Nach der ersten Viertelstunde merkte ich, wie das Publikum mitging, und da gab ich dem Affen Zucker. Ich genoss das Gefühl, im Rampenlicht zu stehen.

Die erste Reihe hatte entspannt die Füße auf die Bühne gelegt. Wir spielten in dem kleinen Saal auf Tuchfühlung. Die Leute lachten und trampelten, und es gab viele Unterbrechungen durch Szenenapplaus.

Ich liebte dieses Zimmertheater. Es befand sich im Olbrich-Haus auf der Darmstädter Mathildenhöhe. Dort standen die Häuser der Maler und Bildhauer der Jugendstilzeit. Benannt wurde sie nach Mathilde, der Gemahlin des Großherzogs Ludwig III.

Ich genoss meine Darbietung, als ich sicher war: Die Mühe hatte sich gelohnt. Nach der Vorstellung sprach mich ein Pärchen an, das ein Tonstudio für Werbeaufnahmen in Frankfurt betrieb. Wir vereinbarten einen Termin, und schon wenige Tage später hatte ich wieder einmal viel Glück und wurde die neue Stimme für einen führenden Kaffee-Konzern.

Obwohl anstrengend, denn man muss teilweise hochkonzentriert denselben kurzen Text viele Male wiederholen, machte mir das Sprechen von Werbung auf Anhieb Spaß. Man konnte und musste so viele Emotionen in die knappe Aussage legen. Das gefiel mir.

Meiner betagten Schauspiellehrerin behagte das überhaupt nicht, aber ich nahm es ihr nicht übel. Sie stammte aus reichem Haus, in dem berühmte Künstler ein und aus gegangen waren. Sie heiratete Herrn George, der schon damals ein großer Regisseur war. Nach seinem Tod leitete sie die Schauspielschule bravourös alleine weiter. Ihr Horizont war gewaltig, aber was Armut bedeutete, wusste sie nicht.

Aus Geldmangel tanzte ich mit fünf Jahren statt in Ballettschuhen in Romika-Hausschuhen auf Spitze, bis meine Füße blutig waren. Mit acht Jahren bügelte ich für ein paar Groschen fremden Leuten die Wäsche. Als ich begriff, dass ich nie zur Primaballerina taugen würde, las ich alles, was ich dazu in die Finger bekommen konnte, übers Theater. Gleichzeitig bewarb ich mich beim Hessischen Rundfunk für den Kinderchor.

Der Chorleiter war streng bei seiner Auswahl, aber ich schaffte es. Mein schönstes Erlebnis in dieser Zeit war die Live-Übertragung von Orffs Carmina-Burana am ersten Weihnachtsfeiertag mit dem großen Rundfunkchor.

Zu oft hatte ich von Cola und Popcorn oder Pommes mit Mayo gelebt, um mich nicht mächtig über jeden Hunderter zu freuen, den ich rasch nebenher verdienen konnte, sei es als Modell, als Werbesprecherin oder mit dem Chor.

Mag sein, dass ein gewisses Maß an Leid die Kreativität eines künstlerisch veranlagten Menschen steigert, bei mir traf das jedoch nur bis zu einem gewissen Grad zu. Viel zu viele Wünsche stellte ich ans Leben und jetzt hieß mein Herzenswunsch: Uli.

Ich fuhr jeden Abend nach der Vorstellung zu seinem Haus. Zweimal erwischten mich die BKA-Leute, dann wurde ich schlauer. Ich kannte inzwischen auch seinen Firmenparkplatz, wartete manchmal Stunden und fuhr dann frech hinter ihm her. Ich war penetrant wie eine Schmeißfliege. Er konnte sich mir nicht entziehen. Meine ehrlichen Tränen taten ein Übriges.

Ich verbrachte die Nächte bei ihm. Zunächst passierte nichts, aber ich hatte Zeit, und irgendwann begann er zu sprechen: von seinem Alkoholproblem, von seiner über alles geliebten verstorbenen Frau, von seinem Job und seinen Freunden.

ULI

Nach dem Krieg stand er völlig allein und mittellos. Entfernte Verwandte in München hatten ihn, als einzigen Überlebenden seiner Familie, aufgenommen. Seinen Vater, einen Holländer, hatte es nach dem Ersten Weltkrieg als Diplomat nach Königsberg verschlagen. Er wohnte standesgemäß im ersten Hotel am Platze und verliebte sich nicht standesgemäß in die Tochter des Besitzers.

Sie heirateten, als Ulis Bruder unterwegs war. Danach kümmerte der Vater sich um das Hotel, das seine Frau mittlerweile geerbt hatte, samt dazugehöriger Schnapsbrennerei.

„Meine Mutter war die beste Köchin der Welt", betonte Uli immer wieder, wenn er in der Küche stand und ich ihm fasziniert zuschaute.

„Von meinem Vater habe ich die Lust am Trinken geerbt. Leider war sein Gehirn schon so vernebelt, dass er nicht wahrhaben wollte, dass es an der Zeit gewesen wäre, zu fliehen. Er glaubte tatsächlich, sein ehemaliger Diplomatenstatus, sein Adelstitel und seine Verbindungen würden uns schützen. Er hat meine Familie auf dem Gewissen, und ich trete in seine Fußstapfen. Prost, Zauberfee."

Ich hing an seinen Lippen, als sei er mein Guru. Er zeigte mir, wie man genüsslich Austern schlürfte und reichlich mit Champagner nachspülte. Bei ihm knackte ich die erste Schere eines Hummers, knabberte ich geröstete Weißbrotscheiben mit Knoblauchbutter und löste geschickt Weinbergschnecken aus ihrem Gehäuse.

Ich kannte jetzt sein Geheimnis. Seiner verstorbenen Frau sah ich zum Verwechseln ähnlich. Sie hatten sich als Architekturstudenten kennengelernt. Sie, die einzige Tochter eines reichen Managers, und er, der arme Student aus gutem Hause. Er finanzierte sich sein Studium mit diversen Jobs; zum Beispiel bei einem alteingesessenen Münchner Antiquitätenhändler.

Für ihn entrümpelte er Wohnungen von Verstorbenen, deren Angehörige zu weit weg lebten, zu beschäftigt oder einfach zu bequem waren, es selbst zu tun. Uli entwickelte schnell eine Spürnase, Kitsch von Kunst zu unterscheiden. Sein Chef schickte ihn schon bald auf Auktionen, auf denen er selbstständig Lohnenswertes ersteigern durfte.

„Schau, Zauberfee", erklärte er mir eines Tages, „der Spiegel über dem Bett ist aus einem Schloss bei München, ebenso das schmiedeeiserne Tor vor dem Haus und einige Gemälde. Ich habe diese Dinge vor der Entsorgung gerettet, weil niemand ihren Wert erkannte, sie dann jahrelang in der Garage meines Onkels aufbewahrt und schließlich hier in mein Haus integriert. Ich liebe diese Mischung aus Alt und Neu."

Neben seinem Architekturstudium arbeitete er auch bei einem Maurer, einem Schlosser, einem Schreiner und Maler, weil er unbedingt die grundsätzlichen handwerklichen Voraussetzungen seines späteren Berufs kennen wollte. Das brachte ihm nicht nur einen guten Abschluss, sondern später auch einen guten Ruf bei den jeweils an einem Bau beteiligten Gewerken ein.

Er liebte seinen Beruf, und er wollte es so schnell wie möglich zu etwas bringen, um Liz´ Vater zu beweisen, dass er seiner Tochter sehr wohl würdig war.

Nach seinem Abschluss nahm er zunächst lukrative Auslandsaufträge an, die ihn nach Kenia und bis nach Dubai brachten. Sein großes handwerkliches Verständnis, gepaart mit seinem ausgeprägten Improvisationstalent, ließen ihn die Erfolgsleiter im Sturm erklimmen. Nach Deutschland zurückgekehrt rissen sich große Firmen um ihn, und er durfte, mit gnädiger Zustimmung seines zukünftigen Schwiegervaters, seine geliebte Liz ehelichen.

So sehr sie es sich auch wünschten, es stellte sich kein Nachwuchs ein. Liz beteiligte sich immer mehr an den Aufträgen ihres Mannes, unterstützte ihn, wo sie nur konnte. Sie verschmolzen zu einer Symbiose.

Sie begleitete ihn überall hin, teilte oder erlernte seine Hobbys. So auch das Jagen von Großwild. Ulis Vater hatte ihm zu viele Geschichten aus seiner Zeit als Diplomat in Indien erzählt, wo die Großwildjagd in Begleitung englischer Lords und Ladys zum Lebensstil gehörte.

Diese Leidenschaft lag ihm wohl im Blut und obwohl Liz beim Anblick eines toten Tieres in Ohnmacht fiel, bestand sie darauf, ihn auch hierbei weiterhin zu begleiten. In einer Nacht passierte es dann. Sie wohnten in einem Camp südlich des Kilimandscharo. Eine Brücke und eine Hotelanlage sollten gebaut werden. Er hatte mal wieder zu viel getrunken und schlief viel zu fest, um irgendetwas mitzubekommen.

Liz war von einem Geräusch wach geworden und hatte sich zu weit vom Zelt entfernt. Sie begriff zu spät, in welcher Gefahr sie sich befand, denn sie war ganz verzückt vom Anblick eines Nashornjungen. Die Mutter hatte jedoch Wind von ihr bekommen und sie wohl aus Sorge um ihr Baby überrannt. Liz verblutete. Jede Hilfe kam zu spät.

„Ich werde diesen Anblick nie vergessen. Es war meine Schuld. Prost, Zauberfee!"

Nach einer kurzen Pause wechselte Uli abrupt das Thema: „Ich habe den Alten davon überzeugt, dass du keine Gefahr darstellst, aber begeistert ist er von unserer Verbindung immer noch nicht."

ZAUBERFEE

Wenn er erzählte, kauerte ich zu seinen Füßen. Er gewöhnte sich rasch daran, dass ich ihm jeden kleinen Wunsch von den Augen ablas. Feuer für die Pfeife reichen zum Beispiel oder Wein nachgießen oder Kaminholz nachlegen.

„Du bist nicht wie andere junge Frauen deines Alters, Zauberfee", sagte er dann jedes Mal in seiner unverwechselbar sonoren Tonlage.

„Und du bist nicht so langweilig wie die Männer, die ich bislang kennengelernt habe, Cheri", antwortete ich kokett. Ich liebte es, meine paar Worte Französisch anzubringen, wann immer es möglich war. Ich mochte den Klang dieser Sprache.

„Je t´aime, mon amour", flüsterte ich und schmiegte mich enger an ihn. „Erzähl bitte weiter, ich höre dir so gerne zu."

Und während er weitererzählte, strich meine Hand langsam sein Bein empor, bis sie unter den Boxershorts, die er passend zum Hausmantel trug, ihr Ziel erreicht hatte.

Ich gebe zu, ich liebe diese Wunderwerke der Männlichkeit. Nach meiner Entjungferung durch Fred verstand ich meine Kommilitoninnen erst recht nicht, wenn sie sich wieder einmal darüber unterhielten, mit wem sie welche Erfahrungen gemacht hatten. Und immer mokierten sie sich darüber, dass es zu lange gedauert hatte oder dass sie es hassten, sein Ding in den Mund zu nehmen.

Meine wohlhabenden, verwöhnten Freundinnen von der Schauspielschule wollten becirct, umworben und mit Geschenken überhäuft werden, um sich dann äußerst gnädig zu einer kurzen Nummer herabzulassen.

Da war ich anders. Schon immer hatte ich das Gespräch gesucht. Ich wollte Menschen kennenlernen. Und Schmusen und Streicheln waren für mich die schönsten Dinge überhaupt.

Dafür nahmen sich die jungen Kerle kaum Zeit. Sie hatten so viel Wichtigeres im Kopf. Außerdem ging es ihnen um die Anzahl. Wer die meisten Eroberungen eines Jahrgangs nachweisen konnte, war der King. Dazu machte noch der blöde Spruch die Runde: „Wer zweimal mit derselben pennt, gehört schon zum Establishment."

Ich war bei den Jungs beliebt, weil ich ihnen manchmal während des Unterrichts die verspannten Nackenmuskeln massierte, aber sie wunderten sich, dass außer ein bisschen Anfassen und Küsschen auf die Wange nichts drin war. Meine wenigen Abenteuer hatte ich mir außerhalb gesucht, meist standen sie in Verbindung mit irgendeinem Job. Aber jetzt galt mein Interesse einzig und allein Uli.

Ja, mit meiner zärtlichen Zuneigung hatte ich Uli gleich in der ersten Nacht beglückt, ohne mich hinterher noch daran erinnern zu können. Er hätte nie zuvor erlebt, dass ihn eine Frau so zärtlich und ohne jeden eigenen Anspruch, denn dazu wäre er leider aufgrund seines mehr als angeheiterten Zustandes nicht mehr in der Lage gewesen, gestreichelt und geküsst hätte, als wäre es das Natürlichste auf der Welt.

Es imponierte ihm, dass ich keine Ansprüche an ihn stellte, keine wichtigen Leute durch ihn kennenlernen, nicht groß ausgeführt oder auf langweilige Partys mitgenommen werden wollte, sondern dass ich zufrieden war, bei ihm sein und ihm zuhören zu können.

Manchmal lud er spontan Freunde ein, wie am ersten Abend. Aber nachdem einer, angesäuselt zwar, den Satz fallen ließ: „Die könnte doch deine Tochter sein. Meinst du nicht, sie ist nur scharf auf dein Geld?", ließ er auch das bleiben.

Er freute sich stets auf mein Kommen und dachte sich immer etwas Besonderes aus, unterließ keine Mühe, um die exotischsten Zutaten zu ergattern und brillierte dann in der Küche mit einem neuen Geschmackserlebnis, für das ich ihn einmal mehr anhimmelte.

Ja, ich himmelte ihn an, und er genoss es. Er wusste, ich liebte seine altmodische Ausdrucksweise, seine kleinen galanten Höflichkeiten.

Er schenkte mir zuerst ein, wenn wir uns zu Tisch begaben, mit gestärkten Servietten und nie ohne Kerzen. Er rückte mir den Stuhl zurecht, und erst nach dem Essen verwöhnte ich ihn.

Sein Glück wäre vollkommen gewesen, wenn ich nicht darauf bestanden hätte, meine winzige Mansardenwohnung, die er nie betreten hat, beizubehalten, weiterhin Jobs anzunehmen und unbedingt die Schauspielschule zu beenden.

Wozu? Es leuchtete ihm nicht ein. Ich brauchte nicht zu arbeiten. Er würde mich ernähren. Aber ich beharrte auf meiner Selbständigkeit.

DIE TOURNEE

Manchmal war ich nahe daran, alles aufzugeben und zu ihm zu ziehen. Ich liebte ihn wirklich. Aber irgendetwas hielt mich davon ab. Mein Wunsch, um jeden Preis Karriere machen zu wollen, war tatsächlich stärker als das süßeste mir dargebotene Leben. Ich wollte beides.

Unter Tränen teilte ich Uli mit, dass die Tournee, für die wir schon wochenlang geprobt hatten, am nächsten Tag beginnen würde. Das bedeutete, drei Monate unterwegs zu sein.

„Natürlich komme ich so oft es möglich ist zu dir", beteuerte ich.

„Wann geht es morgen los?", fragte Uli über den Rand seines Glases.

„Um spätestens 17 Uhr muss ich in Kassel sein. Ich fahre nicht mit dem Bus wie die anderen, sondern mit dem Auto."

„Gut, dann sei bitte um zwei in meinem Büro." Er sagte

das so ernst, dass ich traurig an ihn gekuschelt einschlief. Als ich anderentags um zwei Uhr pünktlich in seinem Büro erschien, erwartete mich seine Sekretärin schon. Sie tat immer noch schrecklich hochnäsig, obwohl sie sich inzwischen an meine Anrufe gewöhnt haben musste. Irgendwie tat sie mir leid. Sie passte zwar perfekt in diese Räume. Aber dieser Tempel deutscher Wirtschaftsmacht strahlte mit seinem Marmor, den langen, hellen Gängen und den zahlreichen schweren, verschlossenen Türen eine Kühle aus, die auch die vielen mannshohen Grünpflanzen nicht abmildern konnten. Ich musste daran denken, wie Uli mir einmal erzählt hatte, dass die Damen im Büro selbst bei größter Hitze nicht ohne Strümpfe und nur im Rock, niemals in Hosen, erscheinen durften. Sie tat mir fast leid, wie sie auf hohen Pumps im grauen Kostüm vor mir her stolzierte und mir die Tür öffnete.

„Da bist du ja, komm, ich habe eine Überraschung für dich." Uli zog mich hinter sich her, und ich hatte Mühe auf dem glatten Marmor mit ihm Schritt zu halten.

Auf dem Parkplatz stand ein funkelnagelneuer roter BMW 2000i.

„Er ist nicht ganz neu, ein Vorführwagen. Damit du schneller bei mir bist", sagte er strahlend und drückte mir den Schlüssel in die Hand.

Am liebsten hätte ich ihn abgeknutscht, aber ich wusste, dass sich das hier nicht gehörte. Ich hauchte ihm nur einen Kuss auf die dargebotene Wange und ließ mich in das schwarze Lederpolster gleiten.

„Fahr aber bitte nicht über 250, sonst hebst du ab. Meinst du, dass du damit zurechtkommst?"

„Na klar, und ich fahre auch bestimmt ganz vorsichtig. Ich liebe dich. Ich rufe an, sobald ich in Kassel bin."

Unterwegs hatte ich einen tollen Autoflirt mit einem Alfa-Romeo-Fahrer. Er überholte mich und warf mir Kusshändchen zu. Dann fuhr er langsam vor mir her und winkte und machte Zeichen, bei der nächsten Raststätte anzuhalten. Ich tat so, als spielte ich das Spiel mit und fuhr ein paar Kilometer brav hinter ihm her, um kurz vor der Ausfahrt auf das Gaspedal zu treten und davonzubrausen.

Machte das Spaß mit so einem Schlitten! Ich war richtig high. Und als ich in Kassel vor dem Bühneneingang neben unserem Bus scharf bremste, fielen unserem Inspizienten fast die Korbstühle aus der Hand.

„Mensch, Kargi, das ist ja ein heißes Gefährt."

„Ja, der fährt sich richtig gut." Weitere Erklärungen gab ich nicht, und keiner traute sich, neugierig nachzufragen. Zugegeben, es handelte sich nur um ein Musical für Kinder, Ali Baba, und ich spielte, sang und tanzte darin Ali Babas Frau, aber wir standen in sämtlichen Blättern der jeweiligen Städte, in denen wir gastierten, und waren immer schon im Voraus ausverkauft. Und die Zeitungen schrieben nie schlecht über meine Darbietung. Ich sammelte fleißig alle Ausschnitte.

Ein kleiner Meilenstein zum Erfolg? Zumindest trainierte das Tournee-Theaterspielen das Improvisationstalent. Jeden Tag hatte die Bühne eine andere Größe. Manchmal konnten wir gar nicht das gesamte Bühnenbild aufbauen, ein anderes Mal waren viele zusätzliche Schritte nötig. Da war es gerade bei den vielen Musik- und Tanzeinlagen nicht leicht, immer wieder auf dem Punkt zu sein.

Natürlich hatte ich gleich nach der Autobahnausfahrt in Kassel angerufen. „Ich danke dir, Cheri, es ist ein wundervolles Gefühl, mit diesem Wagen zu fahren."

„Sei vorsichtig, Zauberfee, damit du lange was von ihm hast."

„Soll das heißen, du hast ihn mir geschenkt?"

„Inklusive Versicherung und Steuern für ein Jahr. Wann kommst du?"

„Morgen, gleich nach der Nachmittagsvorstellung aus Dillenburg."

„Pass auf dich auf, Zauberfee."

„Ja, Cheri, ich liebe dich."

Ich tanzte vor der Telefonzelle. Eine alte Frau mit Einkaufstüten schüttelte den Kopf.

„Wow, er gehört mir." Ich streichelte den roten Lack.

„Welchen Namen soll ich dir nur geben?", sinnierte ich.

„Baba Rouge, ja das passt zu dir!"

Am Ende der Tournee hatte ich viele deutsche Städte gesehen, viele Bühneneingänge und Garderoben, in vielen schrecklichen Billig-Hotel-Betten übernachtet und war noch mehr Kilometer gefahren. Manchmal war es mehr als riskant gewesen und eine arge Zumutung für die lieben Kollegen. Mehrmals musste ich nach der Vorstellung einen ausgeben, weil ich erst zum Vorstellungsbeginn eintraf und nicht wie vereinbart mindestens zwei Stunden vorher.

Der Winter war streng. Einmal lieh Uli mir sogar seinen russischen Gelände-Wagen, den er für schwer zugängliche Baustellen benutzte. Er hatte die Nachrichten gehört und völlig Recht mit seiner Vermutung, dass ich es ohne Allrad-Antrieb nicht schaffen würde, diverse Berge auf der A7 in Richtung Hannover zu überwinden.

Da standen sie tatsächlich quer, die LKWs und die schweren Limousinen mit Hinterradantrieb. Ich fuhr lässig auf der Standspur an ihnen vorbei und war diesmal sogar vor unserem Bus am Ziel.

Es machte Freude, vor Weihnachten für Kinder zu spielen. Zwar konnte man nur die ersten zwei, drei Reihen von der Bühne aus erkennen, aber da saßen sie mit ihren Barbies oder Teddys im Arm und klatschten in die kleinen Hände.

WEIHNACHTEN

Am 23. Dezember spät abends kam ich in Bad Homburg an. Am 24. stahl ich mich früh aus dem Haus, um noch einige Geschenke einzukaufen. Beim Juwelier holte ich das silberne Feuerzeug mit dem dezent eingravierten U. v. U. ab und wickelte es in ein selbstgenähtes kleines Seidentuch mit handgesticktem Monogramm.

Heiligabend verbrachten wir in der Sauna, und anschließend tummelten wir uns im Whirlpool. In der Zwischenzeit schmorte eine Ente im Backofen. Ich wunderte mich, als Uli sie zum Schluss mit Orangensaft und Cointreau übergoss, aber sie schmeckte natürlich köstlich. Zum Nachtisch gab es selbstgemachte Schwarzwälder Kirschtorte. Irgendwann hatte ich einmal erwähnt, dass ich noch nie welche gegessen hätte.

In der Mitte, gehalten von einem Kreis aus Kirschen, steckte ein schlichter Platinring mit einem winzigen Brillanten. Ich wusste sofort, dass es Platin war. Vor einer Woche hatte Uli mir den Unterschied zwischen Gold, Silber und Platin erklärt, ich hätte sonst glatt gedacht, dass es mattes Silber sei.

„Cheri", fragte ich unsicher, „was heißt das?"

„Das heißt, dass wir jetzt verlobt sind, und ich hoffe, dass du bald mit dem Unsinn aufhörst, immerzu unterwegs zu sein. Gib deine Wohnung auf und zieh ganz zu mir. Ich brauche dich."

„Willst du mich hier in einem goldenen Käfig gefangen halten? Du weißt, wie viel mir das Theater und alles, was dazu gehört, bedeutet. Ich möchte Karriere machen und mir meinen eigenen Platz in der Gesellschaft erkämpfen. Deinesgleichen akzeptiert mich doch nie als eigenständige Person, sondern nur als dein Anhängsel. Bitte versteh mich doch."

Bittere Tränen tropften auf die leckere Sahnetorte, und ich verdarb uns den Appetit.

Am ersten Weihnachtsfeiertag musste Uli nach Berchtesgaden. Der Verteidigungsminister hatte zum alljährlichen Doppelbock-Schießen und -Trinken eingeladen. Sie kamen alle: vom Finanzminister bis zum Weißhaarigen, die meisten in Begleitung und natürlich alle im entsprechenden Outfit. Mir fehlte es am schmucken Dirndl, und außerdem hätte ich sowieso nicht mitgedurft.

Uli musste hin, obwohl er diesmal keine Lust dazu hatte. Warum ich denn nicht wenigstens in seinem Haus bleiben wollte, fragte er mich. Frau Meisel würde sich um mich kümmern.

„Weil ich schreckliche Angst hier habe ohne dich und

auch nicht weiß, wie man im Notfall mit einer Pistole umgeht", entgegnete ich trotzig, aber ehrlich.

Sofort bekam ich dicke Kopfhörer aufgesetzt. „Das ist kein Kopfhörer, sondern ein Gehörschutz", belehrte er mich, und die lange Diele wurde in einen Schießstand umfunktioniert.

Langsam glaubte ich, dass es nichts in diesem Haus gab, was es nicht gab oder nicht möglich war.

Ich übte schießen und lernte den Unterschied zwischen Pistole und Revolver.

Trotzdem blieb ich nicht in seinem Haus. Er fuhr betrübt nach Berchtesgaden und ich traurig in meine Mansardenwohnung. Erst wenn man weiß, wie groß Räume sein können, begreift man, wie klein die eigene Wohnung ist. Früher war mir das nie so aufgefallen.

Noch am selben Abend rief er an: „Nimm bitte den Zug morgen früh um neun, Bahnsteig drei. Um 16 Uhr hole ich dich in Salzburg ab."

Meine Güte, was sollte ich einpacken? Mein Geld reichte gerade noch für die Bahnkarte. Dummerweise hatte ich mir ein Taxi gegönnt, und jetzt musste ich die ganze lange Fahrt über Hunger schieben. Was, wenn er in Salzburg nicht auf mich wartete?

Der Zug war voller fröhlicher, schwatzender junger Leute, die in den Skiurlaub fuhren. Ich konnte die Fahrt überhaupt nicht genießen. Beinahe hätte ich dann noch Salzburg verschlafen. Gottseidank machten die Urlauber beim Ausstieg einen solchen Krach, dass ich rechtzeitig aufwachte.

Noch während ich mich suchend auf dem Bahnsteig umschaute, sagte eine unendlich liebe Stimme hinter mir: „Zauberfee, ich hatte solche Angst, du würdest nicht kommen."

„Und ich dachte, du würdest mich nicht abholen, und ich müsste ohne Geld auf diesem Bahnsteig verhungern und verdursten."

Wir fuhren durch die verschneite Landschaft und kehrten bald zu einer zünftigen Jause in einem alten Gasthof ein, wo ein gemütlicher Kachelofen herrliche Wärme abgab. Die Decken waren niedrig und die Holzbalken fast schwarz. Die Sprossenfenster waren mit Tannenzweigen geschmückt, ebenso die Tische, und in der Mitte stand eine dicke, rote Kerze.

Ich taute auf, und nach dem ersten Schluck Jagertee wurde mir ganz warm, und ich verdrückte eine Träne und schwor ihm, dass ich nie mehr an ihm zweifeln würde.

Wir verbrachten drei romantische Tage in seiner Wohnung in Bad Gastein. Mit dem Pferdeschlitten, dick eingemummelt, glitten wir durch das weiße Paradies. Ich fühlte mich wie im Märchen. „Zwick mich ins Ohr, damit ich weiß, dass mir das alles wirklich passiert", flüsterte ich ihm zu.

DIE ENTFÜHRUNG

Drei Monate später zwickte ich mich selbst ins Ohr. Ich hatte mich für eine gute Gage für die IGEDO, der jährlichen, großen Modemesse in Düsseldorf, verpflichten lassen. Mit sechs weiteren Mädels führte ich stündlich eine kurze Pelzmodenschau vor. Das war ziemlich beschwerlich, denn die Luft in der Halle war zum Schneiden und durch die vielen Scheinwerfer war es tierisch heiß. Wir mussten uns den Schweiß so oft überpudern, dass man abends die Schicht kaum abbekam.

Nach dieser Woche war ich wie gerädert und wollte nur noch so schnell wie möglich den Wagen packen und nach Hause fahren.

Es ging alles irrsinnig schnell. Kurz bevor ich mein Gepäck verstaut hatte, hielt ein Wagen neben mir. Ich wollte gerade sagen: „Hey, ich will hier gleich wegfahren", da stießen mich zwei vermummte Gestalten in das Fahrzeug und rasten mit mir davon. Sekunden später verlor ich das Bewusstsein und wachte erst in einer kleinen Halle, auf einem Stapel Pelze liegend, wieder auf.

Ich hatte einen ekelhaften Geschmack im Mund. Am liebsten hätte ich mich übergeben. Meine Augen gewöhnten sich langsam an das Dunkel. Ich konzentrierte mich darauf herauszufinden, ob es irgendwo eine Fluchtmöglichkeit gab. Aber ich konnte keinen Ausweg erkennen. Ich wollte schon anfangen, panisch um Hilfe zu schreien, da kam mir in den Sinn, dass dies wahrscheinlich zwecklos wäre. Wer mich verschleppt hatte, führte irgendwas Böses im Schilde. Ich nahm mir vor, mir meine Kräfte aufzusparen.

„Ist denn diese verdammte Kuh immer noch nicht aufgewacht", hörte ich kurz darauf jemanden fragen. „Zumindest hat sie keinen Laut von sich gegeben", antwortete ein anderer.

„Seltsam, so lange kann das Zeug doch nicht wirken. Schau nach, was mit ihr ist!"

Ein Riegel wurde quietschend bewegt, und die einzige Tür im Raum ging auf. Ich überlegte, ob es mir gelingen könnte, an den zwei Typen vorbeizukommen, aber ich sah, dass noch zwei weitere Männer an einem Tisch saßen. Das würde ich nicht schaffen. Also tat ich so, als wäre ich immer noch bewusstlos.

„Komm mit, jetzt wird nicht mehr geschlafen." Unsanft zog mich der Kerl von meinem Lager. Ich rutschte auf den Boden, aber er nahm keinerlei Rücksicht und zog mich wie einen Sack Kartoffeln hinter sich her. Meine Knie taten weh, und er renkte mir fast den Arm aus. Jetzt schrie ich einfach drauf los.

„Halts Maul, du Nutte", sagte da der andere, und zu seinem Kumpel gewandt: „Lass sie los."

Ich rappelte mich auf und zog mein Kleid wieder glatt. „Was wollt ihr von mir?"

„Du bist doch die Freundin von dem van Uhlen?"

Ich schüttelte heftig den Kopf.

„Lüg nicht, wir beobachten dich schon lange. Du rufst jetzt deinen Macker an und sagst ihm, wenn er dich lebend wiedersehen will, muss er schon eine Million lockermachen."

Mir wurde schlecht. „Aber so viel Geld hat er nicht", sagte ich kläglich.

„Er weiß aber, wo er sich welches leihen kann. Du rufst jetzt an, verstanden", und dabei fuchtelte er mit einer großen Schere vor meinem Gesicht herum. Die Schere war gezackt, dafür gedacht, um mit ihr Stoffe zuzuschneiden, ohne dass diese ausfransten.

Ich hatte fürchterliche Angst. Der andere hatte schon Ulis Nummer gewählt und hielt mir den schmierigen Hörer ans Ohr. Nach mehrmaligem Klingeln sagte eine verschlafene Stimme: „Ja?"

Der mir den Hörer gereicht hatte, gab mir einen Schubs, aber ich hatte einen Kloß im Hals und selbst wenn ich gewollt hätte, brachte ich keinen Ton hervor.

„Hallo, wer ist denn da?"

„Bitte hilf mir", krächzte ich und fing laut an zu schluchzen.

„Juliane, wo bist du?" Uli schien jetzt hellwach zu sein.

„Ich weiß es nicht", heulte ich.

„Flenn hier nicht rum", sagte barsch einer der Typen und riss mir den Hörer aus der Hand.

„Wenn du deine Alte lebend wiedersehen willst, überleg dir, wo du eine Million herbekommst. Das ist kein Witz. Wir melden uns wieder."

Er legte auf und lachte fies. „Dem haben wir die Nachtruhe ganz schön versaut."

Die ersten Tage brachte die Psychologin kein Wort aus mir heraus. Ich konnte nicht sprechen. Ich wollte nicht sprechen. Irgendwann gewann eine unbändige Wut die Oberhand. Warum musste gerade mir das passiert sein? War ich zu blöd gewesen, zu unaufmerksam? Hätte ich es verhindern können?

Dazu kam die Scham. Ich bekam den Geruch nicht aus der Nase. Den Geruch von altem Schweiß, gemischt mit Knoblauch und Leder. Und ich sah die Schmutzränder unter den Fingernägeln vor mir. Von diesen Händen war ich angefasst worden.

Zunächst war es nur einer, doch als ich mich wehrte, kamen die anderen hinzu. Mit brutaler Rohheit nahm er mich. Ich schrie, aber das schien meinen Peiniger nur noch mehr zu reizen. Als er fertig war, schüttelte er sich wie ein nasser Hund, um kurz darauf über mir zu urinieren. Als der warme Strahl mein Gesicht traf, wünschte ich, ich wäre tot.

Es war mir jetzt egal, was die vier von sich gaben. Untereinander unterhielten sie sich in einer Sprache, die ich nicht verstand. Es interessierte mich nicht mehr, ob es polnisch, russisch oder welche Sprache auch immer war. Bei jeder neuen Widerlichkeit lachten sie dreckig.

Sie tranken irgendeinen billigen Schnaps und versuchten, ihn auch mir einzuflößen. Ich spukte ihn wieder aus. Daraufhin gossen sie ihn in meine wunde Scheide, was höllisch brannte. Ich wand mich vor Schmerzen, und sie johlten.

Dann fiel ein Schuss, und gleichzeitig wurde die Tür aufgerissen – oder umgekehrt. Es ging so schnell, ich konnte dem Geschehen um mich kaum folgen. Für einen Moment spürte ich, wie etwas in mein Gesicht schnitt, dann schmeckte ich Blut.

Einem der Peiniger war es noch gelungen, mir mit der großen Stoffschere das Gesicht zu ruinieren. Sie war nicht scharf, aber durch ihre Zacken hinterließ sie keinen glatten Schnitt, sondern eine hässliche Fleischwunde auf der Wange.

Später tröstete man mich. Mit etwas Glück könne ein Schönheitschirurg die Narbe begradigen.

Äußerlich verheilte alles rasch, aber innerlich blieb ich gezeichnet. Uli war liebevoll, die Psychologin von unendlicher Geduld. Sie erläuterte mir auch haarklein, wie es zu der raschen Festnahme gekommen war. Dass es sich dabei um eine Bande von Pelzhändlern gehandelt hatte, die mit Fellen und Häuten von Tieren Geschäfte machte, die unter Artenschutz standen. Man hatte sie schon lange im Visier.

Mit meiner Entführung wollten sie das schnelle Geld machen, konnten aber nicht ahnen, dass das BKA alle meine Schritte beobachtete. Außerdem hatten Augenzeugen berichtet, dass ich offensichtlich unfreiwillig in ein Fahrzeug gezerrt wurde. So gelang es der Polizei relativ rasch, das Versteck ausfindig zu machen.

ÈZE

Ich verließ das Krankenhaus vorzeitig auf eigenen Wunsch und wohnte bei Uli. Das Schicksal wollte es, dass zwei Nächte später bei ihm eingebrochen wurde. Ich erwachte vom Lärm der Alarmanlage. Die Täter hatten es nur auf das Bild in der Eingangshalle mit den zwei Kühen abgesehen. Es war sehr wertvoll. Sie mussten davon Kenntnis haben, denn sie griffen gezielt nach dem Bild und verschwanden damit.

Obwohl keinerlei Gefahr mehr bestand, heulte ich ohne Unterlass. Uli gelang es nicht, mich zu beruhigen. Am Morgen sprach er lange mit der Psychologin. Meine Reaktion sei absolut normal, versicherte sie, ich bräuchte einfach Ruhe.

Mein Ziel, die Abschlussprüfung von der Schauspielschule bereits Ende April absolvieren zu können, schaffte ich nicht. Für die Anmeldung war es mittlerweile zu spät. Uli führte ein paar Telefonate und packte dann in Ruhe einen Koffer.

„Musst du verreisen?", fragte ich ängstlich.

„Wir fliegen nach Nizza."

„Aber ...", setzte ich an und wusste im selben Moment, dass es zwecklos war, mich seinem Entschluss entgegenstellen zu wollen.

Ein Freund holte uns vom Flughafen ab. Wir fuhren durch eine wunderschöne Landschaft nach Saint-Paul-de-Vence. Zwei Nächte blieben wir bei Claude und Virgenie. Ich genoss es, meine paar Worte Französisch anbringen zu können. Die meiste Zeit schlief ich tief und fest und endlich wieder traumlos.

Uli mietete einen himmelblauen Citroen. Damit fuhren wir nach Èze, einem Bergdorf oberhalb von Cap Ferrat. Im Sommer schoben sich hier endlos Ströme von Touristen durch.

Das Dorf war autofrei, und in den malerischen, kopfsteingepflasterten Gässchen reihte sich eine Boutique an die andere, es gab unzählige Ateliers und Galerien, Töpfereien und vieles mehr.

Jetzt war es noch still und friedlich, aber die Sonne schien schon überaus wohltuend.

Wir hatten ein kleines Natursteinhaus ganz für uns, mit winziger Küche, zwei bequemen Stühlen und einem Tisch vor dem Kamin. Die Aussicht war grandios. Bei klarer Sicht konnte man das Meer sehen.

Uli entdeckte seine alte Leidenschaft fürs Malen wieder. Er verbrachte Stunden in einem nahen Atelier.

Mein Lieblingsplatz war auf den Stufen vor dem Haus. Mit einem Kissen im Rücken und eingehüllt in ein großes Batiktuch saß ich dort morgens und schrieb mir mein schreckliches Erlebnis von der Seele. Ich ließ die Erinnerungen zu und merkte, dass das Aufschreiben wie Balsam wirkte und vielleicht wertvoller war als manche Arznei.

Die Tage vergingen wie im Flug. Je heiterer ich wurde, desto stiller wurde Uli. Gefangen in meinem Leid hatte ich gar nicht bemerkt, dass er sich auch verändert hatte. Erst am letzten Abend erzählte er mir, dass er sich vor Wochen schon entschieden hatte, nach Shanghai zu gehen, um dort den Aufbau einer großen Niederlassung mitzugestalten. Wie lange dieser Aufenthalt dauern würde, war noch nicht abzusehen.

Für mich brach eine Welt zusammen. Gerade hatte ich mich an den Gedanken gewöhnt, der Schauspielerei und meiner Selbständigkeit ade zu sagen und mich ganz auf diese Liebe einzulassen, da war sie mir, ohne dass ich es bemerkt hatte, entglitten.

Ich war zu stolz, um meine Enttäuschung und den Schmerz zu zeigen. Im Gegenteil, ich heuchelte reges Interesse an der großartigen Aufgabe, die vor ihm lag, und beteuerte, es richtig zu finden, dass er dieses Angebot annahm. Uli war gerührt, dass ich so viel Verständnis zeigte, er hätte meinen Wunsch nach Unabhängigkeit nie wirklich verstanden.

PRAG

Nach Hause zurückgekehrt blieben uns nur noch wenige Wochen bis zu seiner Abreise. Uli nahm mich mit nach Prag, eine seiner Lieblingsstädte. Ich erschrak, als ich von unserem Hotelfenster aus die Panzer auf dem Wenzelsplatz sah.

Natürlich hatte ich vom Prager Frühling gehört, aber nicht gedacht, dass noch immer die Panzer des Warschauer Pakts mitten in Prag ihre Macht zur Schau stellten. Uli beruhigte mich und erklärte mir die politischen Zusammenhänge.

Nach seiner Nachhilfe in Sachen Geschichtsunterricht empfahl er mir stets bestimmte Bücher oder lieh mir gleich welche aus seinen riesigen Beständen aus.

Nachdem Uli mir das monumentale Technische Nationalmuseum gezeigt hatte, in dem er sich wie in seiner Westentasche auszukennen schien, kam er auf die Idee, nach Königgrätz zu fahren, einer alten Universitätsstadt etwa hundert Kilometer von Prag entfernt. Unser Taxi, ein uralter Wolga mit ausgeleierten Sitzen und angeblich 300 000 Kilometern auf dem Tacho, faszinierte mich dann mehr als die Exponate des Museums.

Stunden durchstöberten wir unzählige Antiquariate. Uli wusste, dass es hier noch alte Bücher in deutscher Sprache gab. Mir schenkte er ein kiloschweres Buch, in rotem Leder eingeschlagen und mit goldenen Buchstaben versehen, über die Geschichte Deutschlands vom Mittelalter bis zur Neuzeit, 1918 war der letzte Eintrag.

Plötzlich erinnerte ich mich, dass meine Mutter mir einmal erzählt hatte, mein Opa sei Sudetendeutscher gewesen. Meine Großeltern hätten bis 1918 in der Tschechoslowakei gelebt beziehungsweise meine Großmutter mit meiner Mutter im Ersten Weltkrieg dort allein. Danach waren sie nach Kassel ausgewandert.

Uli liebte auch die unzähligen urigen Kneipen rund um den Wenzelsplatz, aber ich konnte das deftige Essen und süffige Bier wie die gesamte Reise nicht wirklich genießen, denn ich wusste ja, dass sie vorläufig die letzte gemeinsame mit Uli war.

Auf der Heimfahrt befürchtete ich, man würde uns an der Grenze Schwierigkeiten machen wegen der vielen Bücher, die wir im Kofferraum hatten. Aber die Grenzbeamten machten sich nur über uns lustig. „Was wollt ihr mit dem alten Plunder?", fragten sie und ließen uns passieren.

ABSCHLUSSPRÜFUNG

Ich hielt mich tapfer bis zu Ulis Abreise, dann brach ich regelrecht zusammen. Ich hatte keine Kraft mehr aufzustehen, geschweige denn Lust, irgendjemanden zu sehen oder etwas zu unternehmen. Meine letzten Geldreserven schmolzen dahin und Aussicht auf kleine Fotoshootings oder Ähnliches gab es nicht mehr.

In meiner grenzenlosen Dummheit hatte ich die finanziellen Angebote von Uli abgelehnt und großspurig Versicherungszahlungen erwähnt, die völlig aus der Luft gegriffen waren.

Die wenigen echten Freunde, die ich hatte, machten sich Sorgen. Bei den meisten meiner Bekannten glaubte ich eher eine gewisse Schadenfreude festzustellen, denn wirklich gegönnt hatten sie mir mein Glück nicht.

Schweren Herzens verkaufte ich Baba Rouge und einige Zeit später auch den dicken Wälzer aus Königgrätz, ich lebte Monate in den Tag hinein.

Wann immer Uli anrief, gaukelte ich ihm Fröhlichkeit vor, dabei waren diese kurzen Telefonate, seine Postkarten und Briefe das Einzige, was mich in dieser Zeit beglückte und gleichzeitig immer mehr in die Depression zog.

Oft war ich nahe dran, ihm die Wahrheit zu sagen und ihn um Hilfe zu bitten, aber dann sprach er so begeistert von diesem riesigen Land und der Aufbruchsstimmung und wie viel Spaß es ihm machte, etwas bewegen zu können, dass ich es nicht übers Herz brachte, ihn meine Verzweiflung spüren zu lassen.

Meine alte Schauspiellehrerin zeigte überhaupt kein Mitleid, im Gegenteil, sie trieb mich mit eiserner Härte an. Sie schimpfte, wie ich mich so gehenlassen könne, wie schrecklich ich aussähe und welches künstlerische Potenzial bei mir brachläge. Es sei eine Schande.

Sie war es dann auch, die mich zur Abschlussprüfung anmeldete.

Ich glaubte, zu nichts imstande zu sein, als ich den Abschlussmonolog von Hero aus Grillparzers Des Meeres und der Liebe Wellen zitierte:

„Verschweigen ich, mein Glück und mein Verderben
Und frevelnd unter Frevlern mich ergehn?
Ausschreien will ich's durch die weite Welt,
Was ich erlitt, was ich besaß, verloren,
Was mir geschehn, und wie sie mich betrübt.
Verwünschen dich, dass es die Winde hören
Und hin es tragen vor der Götter Thron. -
Nur einmal noch berühren seinen Leib,
Den edlen Leib, so voll von warmem Leben.

Von seinem Munde saugen Rat und Trost. -
Nie wieder dich zu sehn, im Leben nie!
Der du einhergingst im Gewand der Nacht
Und Licht mir strahltest in die dunkle Seele …"
Und dann merkte ich, dass ich das fünfköpfige Prüfungs-
komitee zu Tränen gerührt hatte. Sie lauschten gebannt
bis zum letzten Wort und überschütteten mich mit Lob.
Die beiden weiteren Stücke wurden gar nicht mehr ab-
gefordert. Ich hatte die Prüfung bestanden.
„Siehst du, Dummerchen, wie viel kreative Kraft sich
aus Leid schöpfen lässt", empfing mich meine Lehrerin.
„Aus dir wird eine grandiose Theaterschauspielerin."
Aber ich hatte ja nicht gespielt. Ich hatte mein Leid ehrlich herausgeschrien. Und das war keine Meisterleis-
tung, wie ich fand.

GABI

Monate später dachte ich immer wieder: Lassen sich die Menschen so leicht von mir täuschen?

Ich erhielt Angebote über Angebote von Theatern, zwar alles nur Stückverträge, aber ich durfte und konnte mich frei spielen und wertvolle Erfahrungen sammeln. Auch einige kleine Fernsehrollen waren dabei, sodass ich finanziell wieder etwas Luft holen konnte.

Uli hatte mir einige wertvolle Stockpuppen geschickt. Er glaubte, mir damit eine große Freude zu bereiten. In dem Begleitbrief erklärte er mir haargenau, wie kunstvoll Kopf, Hals und Schultergürtel aus einem einzigen Stück Holz geschnitzt seien mit unendlich liebevoller Ausarbeitung der Augenlider, Fältchen und Grübchen. Ebenso die Hände. Und dann erst die wertvollen Gewänder. Das müsse mein Schneiderherz doch erfreuen. Ich hatte ihm einmal erzählt, dass ich alle meine Kleider selbst nähte.

Damit diese Kunstwerke auch unversehrt ankamen, hatte er sie in sein Büro nach Bad Homburg geschickt. Dadurch war ich wiederholt mit seiner Sekretärin Gabi ins Gespräch gekommen und stellte auf einmal fest, dass ihre anfängliche Hochnäsigkeit nur Fassade gewesen war. Im Grunde war sie herzlich und zuverlässig.

Es imponierte ihr, dass ihr Chef mir Geschenke machte, und sie fühlte sich veranlasst, mir zu versichern, dass sie diese Seite an ihm gar nicht kannte. Bislang hätte er sich noch nie für eine Frau derart engagiert. Ich ließ mich daraufhin zu der Bemerkung hinreißen, dass ich Uli zwar zu seinem China-Auftrag beglückwünscht hätte, seitdem aber sehr einsam und verzweifelt sei.

Das wiederum hatte zur Folge, dass Gabi mir private Dinge anvertraute. Eines Tages bestand sie darauf, dass ich sie endlich einmal in die Tennis-Bar begleiten sollte, eine angesagte Ausgehadresse im Kurpark von Bad Homburg. Ihr Mann sei Croupier in der nahen Spielbank und er liebe es, sie nach seiner Schicht dort zu treffen und noch ein wenig mit ihr zu tanzen und etwas zu trinken.

Ich sagte zu. Wann war ich das letzte Mal in einer Bar gewesen? Ich konnte mich nicht erinnern. Allein hätte ich mich niemals getraut, aber in Begleitung von Gabi schien es in Ordnung zu sein.

HELMUT

Ich trank Cola Cognac und war aufgekratzt. Gabi grüßte, oder besser gesagt, wurde von vielen begrüßt, und mich tippte irgendwann von hinten ein junger Mann an und meinte: „Ein schöner Rücken kann auch entzücken."
Ich drehte mich um und vollendete das alte Sprichwort: „Aber ein schöner Bauch tut´s auch."
Wir lachten. Es stellte sich schnell heraus, dass er ein Mitarbeiter von Uli war. Bei jedem Satz erwähnte er, wie viel er von Uli gelernt habe und dass Uli ein Pfundskerl sei, obwohl alle im Büro sich nur siezen würden.
Er redete und redete. Das war so erfrischend und unkompliziert. Später fuhren wir nach Kronberg zu einem Freund, der in seinen Geburtstag hinein feierte. Gabi und ihr Mann kamen auch mit. Es wurde eine feuchtfröhliche Nacht, und erst gegen Morgen brachte mich Helmut, so hieß mein Galan, nach Hause.
Er hatte sich mit dem Trinken zurückgehalten, merkte

aber, dass ich reichlich beschwipst war. Kein Wunder, ich war Alkohol nicht mehr gewohnt. Kurzerhand nahm er mir das Versprechen ab, mich am nächsten Tag von der Theaterprobe abholen und zu meinem zurückgelassenen Wagen, inzwischen wieder ein alter R4, bringen zu dürfen.

Gesagt, getan. Er stand pünktlich am Bühneneingang des Theaters am Turm in Frankfurt. Dort probten wir das Eröffnungsstück Der alte Bürgerkapitän des neu gegründeten Frankfurter Volkstheaters, das noch keine eigene Bühne hatte.

Die Tage vergingen wie im Flug. Helmut war nicht aufdringlich. Er wusste von Gabi, dass mein Herz Uli gehörte. Er selbst hatte eine schwere Zeit hinter sich. Seine Frau war mit 27 Jahren an einem Hirntumor gestorben. Er hatte sie mehrere Jahre mit Hilfe seiner Eltern gepflegt. Irgendwie hob uns unser Leid auf eine Ebene, anders kann ich es nicht beschreiben. Wir unternahmen viel zusammen, und ich wunderte mich manchmal, wie viel Geld er für mich ausgab, aber er tat das lachend ab und war völlig unbekümmert.

In meinen Briefen an Uli erwähnte ich die neue Bekanntschaft. Ich wollte nicht, dass er eventuell bei einem Gespräch mit seiner Sekretärin etwas davon erfuhr. Er beteuerte sich zu freuen, dass ich endlich einen Begleiter hätte und nicht mehr allein sei, und lobte Helmut in den höchsten Tönen als einen sehr zuverlässigen Mitarbeiter. Und dann geschah es: „Tausend Mal berührt, tausend Mal ist nix passiert, tausend und eine Nacht und es hat

ZOOM gemacht." Damals gab es diesen Song von Klaus Lage noch nicht, aber später musste ich sehr oft an diesen Liedtext denken.

Wir hatten mit dem Volkstheater einen Gastspielauftritt in einem Bürgerhaus im Hochtaunus, und es hatte geschneit. Helmut bestand darauf, mich hinzufahren, sich die Vorstellung zum zigsten Mal anzuschauen und mich auch wieder nach Hause zu bringen.

Er war wie ein großer Bruder, den ich nie gehabt hatte, aber an diesem Abend ging er nicht wie üblich nach der Verabschiedung an der Haustür mit Küsschen und Umarmung, sondern begleitete mich in meine Mansardenwohnung. Plötzlich empfand ich es als nur natürlich, dass wir uns auf der schmalen Bettcouch liebten, immer der Gefahr ausgesetzt, dass einer von uns auf dem Fußboden landete.

HEIRAT

Ich wollte nicht wahrhaben, was geschehen war. Bis zu
diesem Abend hatte ich geschworen, Uli bis in alle Ewig-
keit treu zu bleiben, da er doch die Liebe meines Lebens
war, aber jetzt hatte ich mit Helmut geschlafen, und es
hatte mir Spaß gemacht.
Ich weinte und weinte und Helmut ließ mich gewähren.
Er sagte nichts, er forderte nichts. Er fuhr am Morgen
zur Arbeit und holte mich am Abend ab und von da
an blieben wir meist in seiner Wohnung, weil sein Bett
und sein Bad doch wesentlich komfortabler waren als
meine Bude.
Nach Beendigung der Spielzeit im Volkstheater fuhren
wir für fünf Tage an den Gardasee nach Sirmione. Es
war Frühling und traumhaftes Wetter. Ich hatte es noch
nicht übers Herz gebracht, Uli etwas von unserer Ent-
wicklung, wie ich es nannte, zu schreiben.
Helmut und ich waren in diesen fünf Tagen sehr ver-

liebt. Alles fühlte sich so jung und selbstverständlich und schön an. Ich war wie im Rausch. Wir waren so unbeschwert und frei. Ich hätte die Welt umarmen können. Alles Schwere war plötzlich weit weg.

Nach Hause zurückgekehrt unterschrieb ich an einem Kellertheater für Leonce und Lena. Georg Büchner war mein Lieblingsautor zu dieser Zeit, und seine Komödie sollte sehr modern und mit Bildeinspielungen, aus Ermangelung einer Drehbühne, inszeniert werden. Ich durfte nicht nur Lena spielen, sondern auch maßgeblich an der Ausstattung und Regie mitwirken.

Ich erzählte Helmut mit leuchtenden Augen von meinen Ideen, und da überraschte er mich mit seiner Idee: „Komm, lass uns heiraten. Ganz kitschig mit Kutsche und Blumenkindern und Brautjungfern. Wir lassen das filmen, und du verwendest Bilder daraus für dein Bühnenbild!"

Je länger und detaillierter wir davon sprachen, desto besser gefiel mir der Gedanke. Keinen Moment überlegte ich, dass es sich um den Akt der Eheschließung mit all seinen Konsequenzen handelte.

Und dann taten wir es tatsächlich. Helmut hatte alles in Windeseile organisiert. Vom Kutscher bis zur Kutsche mit vier Schimmeln, einem traumhaften Brautkleid mit endlosem Schleier, einem eleganten Anzug für ihn, entzückenden Blumenkindern und zwei bildschönen Brautjungfern und vielen schicken Hochzeitsgästen sowie einem Freund mit einer 16mm-Filmausrüstung.

Das geschah an einem Samstag im Mai, und am Freitag

davor hatten wir uns mittags um zwei auf dem Standesamt das Jawort gegeben.

Wir hatten keine Zeit für eine Hochzeitsreise. Jeder war mit seiner Arbeit beschäftigt, und ich erwachte erst, als mir ein nicht enden wollender Schlussapplaus signalisierte, dass meine Leonce und Lena-Inszenierung mehr als gelungen war.

Immer noch pendelten wir zwischen Helmuts und meiner Wohnung und da kam Helmut mit der nächsten Überraschung. Er hatte seinen Job in Bad Homburg zugunsten eines lukrativeren Angebots in Wiesbaden gekündigt und gleichzeitig den Kaufvertrag für ein Fertighaus im Hochtaunus in Nähe des ehemaligen römischen Grenzwalles Limes unterzeichnet. Eine sehr schöne Gegend mit herrlicher Aussicht. Nach Wiesbaden und Frankfurt war es ungefähr gleich weit.

„Jetzt fehlt nur noch deine Unterschrift, Schatz, dann können wir im Frühjahr einziehen."

Ich war perplex, schwankte zwischen Freude und Verunsicherung, aber erstes überwog.

BRIEFE

Irgendwann folgte ein sehr, sehr langer Brief an Uli. Zwei Tage fuhr ich ihn im Auto mit mir herum, immer noch zögernd, ob ich ihn tatsächlich abschicken sollte. Erst allmählich dämmerte mir, was ich getan hatte. Ich war jetzt Frau Juliane Hansmann, geborene Karg. Hatte ich das wirklich gewollt?

Mehrfach hatte ich Ulis Einladungen nach Shanghai abgelehnt mit der ehrlichen Begründung, dass ich in Proben steckte und nicht wegkonnte. Was für ein Schlag ins Gesicht musste jetzt mein Brief für ihn sein?

Was hatte ich nur getan? Welcher Verrat! Ich fühlte mich hundsmiserabel.

Wieder und wieder las ich Briefe, die er mir geschrieben hatte. Zum Beispiel den:

„Ich blättere meine Seele vor dich hin, weil ich nur zu dir wirklich ehrlich bin. Bist du einmal nicht mehr mein, wird nichts mehr von mir übrig sein. Wenn ich wirklich ehrlich bin, hat das Leben dann noch Sinn?"

Oder: „Es gibt Momente, da wünschte ich, ich wäre ein Boot für dich. Ein Boot, das dich fortträgt, wo immer du dich hin sehnst. Ein Boot, das schwer genug ist für all deinen Ballast, den du mit dir trägst. Ein Boot, das niemals kentert, egal, wie unruhig du bist, egal wie stürmisch die Lebenssee auch ist, auf der wir treiben. Glaube an das Glück in den Nächten, als wir zusammen waren. Du warst glücklich in diesen Momenten, und Ruhe kehrte bei dir ein. Erinnere dich an diese Stunden. Unser Leben liegt in unseren Händen. Wir allein tragen für uns selbst die Verantwortung.

Glaube an das Glück. Es hat dich nie betrogen. Halte es fest, es ist immer für dich da. Ich liebe dich, heute und morgen! Lass dich nicht unterkriegen. Ich bin in Gedanken so fest bei dir mit all meiner Liebe, dass es doch mit dem Teufel zugehen müsste, wenn dir irgendjemand Schaden zufügen könnte.

Aber was mich anfangs beflügelte, lähmt mich. Diese Liebe ist so allgegenwärtig, dass kaum noch Platz für andere Gedanken ist. Sie macht sich dick und breit. Sie sieht mir ähnlich – ich habe immer noch nicht abgenommen. Das chinesische Essen schmeckt mir einfach zu gut. Den ganzen Tag fühle ich dich so nah, dass ich denke, ich müsste nur die Hand ausstrecken und könnte dich berühren. Überall! Und dein Gesicht verfolgt mich, dein meist ernstes Gesicht. Ich möchte dich lachen sehen, ich möchte dich glücklich sehen. Ich sehne mich nach dir, dein ergebenster U."

Dieser Brief war die Antwort auf Zeilen von mir, die ich ziemlich zu Anfang unserer Beziehung einmal formuliert, aber erst viel später abgetippt hatte, weil ich fürchtete, er könnte meine Sauklaue nicht lesen:

„Für dich

Zum ersten Mal frage ich nicht warum?

Zum ersten Mal frage ich nicht wie lang?

Zum ersten Mal fühle ich mich ganz als Frau,

Du bist der Erste, dem ich ohne Versprechen vertrau.

Nie zuvor hatte ich dieses Gefühl.

Nie zuvor hatte ich geglaubt, dass es das gibt.

Nie zuvor hatte ich ein solches Verlangen,

ich fahre fort voller Hoffnung und Bangen.

War alles nur ein kurzer schöner Traum?

Wächst unsere Liebespflanze zu einem Baum?

Ich wäre glücklich, wenn ich dich wiederseh´.

In Liebe, deine Zauberfee.“

Ich fühlte mich wirklich schlecht. Tagelang konnte ich nicht essen, nicht schlafen. Helmut war so sehr mit sich und seinen neuen Aufgaben beschäftigt, dass er es gar nicht mitbekam.

DAS HAUS

An einem strahlenden Frühlingstag waren wir die ersten, die in die Neubausiedlung einzogen. Unsere Möbel hatten wir zusammengeschmissen, aber Helmut bestand auf einer neuen Küche und einem neuen Wohn- und Esszimmer.

Das Haus war für die damalige Zeit sehr modern, im amerikanischen Landhausstil mit viel Holz und einer Doppelgarage. Im Erdgeschoss befand sich ein großzügiger Wohnbereich mit Kamin, daran schlossen sich die Küche an und das Esszimmer.

Über eine breite Treppe gelangte man ins Obergeschoß mit zwei Zimmern und Bad, einem Schlafzimmer mit eigenem Bad und begehbarem Kleiderschrank.

Ich versuchte zu sparen, hatte aus preiswerten Resten einer Stofffabrik die Gardinen, Tischdecken und Kissenbezüge genäht. Aber Helmut kleckerte nicht, er klotzte, baute gleich noch einen überdimensionalen Außenkamin, legte eine große Terrasse an mit einem kleinen Teich davor, in dem ein paar Goldfische schwammen, und pflasterte die Wege zum Haus und zur Garage.

Ein Gärtner erzählte mir, dass Buschbohnen im ersten Jahr einen ehemaligen Ackerboden gut durchlüften und vorbereiten würden für spätere Blumenstauden. Also legte ich Ende Mai meine Bohnenkerne aus und freute mich, dass es im Sommer rund um unser Haus wunderbar grün wucherte, während die Rohbauten unserer Nachbarn nur von Erde, Steinen und Bauholz umgeben waren.

Die Ernte war reichlich. Noch im darauffolgenden Jahr konnten wir von unseren tiefgefrorenen Bohnen Eintöpfe mit Lamm oder Rindfleisch kochen.

Es war die Zeit der Partykeller. Unser Keller war ebenfalls mit Bar und Stereoanlage ausgestattet und wurde zu einem beliebten Treffpunkt. Helmut war dann in seinem Element. Ich zog mich immer mehr zurück und war oft Spielverderber, aber sollte ich allen verkünden, was der Grund dafür war?

Der Gerichtsvollzieher ging bei uns ein und aus. Beim ersten Mal dachte ich, es handele sich um einen dummen Scherz oder eine Verwechslung. Ich hätte den im Grunde sehr netten Mann beinahe zur Tür hinausgeworfen.

Aber dann verschaffte ich mir Klarheit und traute meinen Augen nicht. In Helmuts Schreibtisch lagen bündelweise Rechnungen, ungeöffnet.

Ich stellte ihn zur Rede. Er war nicht aus der Ruhe zu bringen, nahm mich in den Arm und meinte: „Das krie-

gen wir schon hin. Ich bin mit solchen Dingen überfordert. Das hat früher alles meine Sekretärin erledigt.
Kümmerst du dich in Zukunft bitte darum?"
Er küsste meine Tränen weg. Ich konnte mich nicht
wehren, sondern war steif vor Schreck.
Tagelang schlief ich nicht und wenn doch, schreckte ich
aus Albträumen auf. Jeden Morgen traktierte ich ihn mit
einem so bösen Redeschwall, dass Helmut eigentlich
auch hätte böse werden müssen, denn ich kramte jetzt
alles hervor, was mir im Laufe unserer Beziehung miss-
fallen war, und beschimpfte ihn auf übelste Weise.
Aber er nahm mich dann immer nur in den Arm, küsste mich und fragte, was er denn anziehen solle. Wenn
ich ihm nicht die passenden Sachen hinlegte, konnte es
schon passieren, dass er mit zwei unterschiedlichen Socken oder einer unmöglichen Krawatte zur Arbeit fuhr.
Es war die reinste Sisyphusarbeit, alle Belege und Unterlagen der vergangenen Monate zu ordnen und mit der
Bank und dem Vollstreckungsbeamten einen realisti-
schen Plan aufzustellen, wie wir wieder in geordneten
Bahnen leben konnten.
Helmut bekam nur noch ein kleines Taschengeld von mir
und überhaupt lagen jetzt alle Angelegenheiten bezüglich
Haus, Garten und Freizeitgestaltung in meinen Händen.
Oft weinte ich, fühlte mich völlig überfordert und sehnte
mich in Ulis Arme zurück. Er hatte sich auf meinen Brief
hin nie mehr gemeldet. Inzwischen hatte ich auch keinen
Kontakt mehr zu Gabi, ich hatte ihr unsere neue Adresse
nicht mitgeteilt, ich schämte mich einfach zu sehr.

Keiner ahnte etwas von meinem Leid.

Helmut schmiss dennoch weiterhin jedes Wochenende Kellerpartys, die unser Budget aber nicht weiter belasteten, denn jeder Gast brachte nun etwas zu essen oder zu trinken mit und meist blieben sogar noch Reste übrig. Aber mir war nicht mehr nach Feiern zumute.

Die einzige schöne Abwechslung in dieser Zeit war meine Laienspielgruppe. Die Landfrauen des Hochtaunuskreises hatten mich schon kurz nach dem Einzug zu sich eingeladen. Für sie war ich eine Exotin in unserem kleinen Taunusdorf. Alles wollten sie von meiner Ausbildung und Arbeit wissen, und so kam es, dass wir schon bald eine Laienspielgruppe gründeten, uns ein Stück von Shakespeare aussuchten und es bearbeiteten.

Zu Shakespeares Zeiten wurden alle Frauenrollen von Männern gespielt. Wir drehten den Spieß einfach um und auch alle Männerrollen wurden von Frauen gespielt. Den größten Spaß hatten wir bei den Anproben. Jede brachte Stoffe oder Kleider mit, und wir nähten und drapierten und improvisierten unsere Kostüme.

Zwei Monate später traten wir im Bürgerhaus auf. Alle kamen und waren begeistert, und ich war spätestens seitdem in der Dorfgemeinschaft akzeptiert.

NIEDERKUNFT

Zu allem Überfluss blieb meine Regel aus. Ich machte mir zunächst keine Gedanken, denn das kannte ich schon von der Schauspielschule: Wenn ich Stress hatte, blieb sie aus. Irgendwann ging ich dann doch zum Frauenarzt und konnte mich gar nicht freuen, als er mir strahlend verkündete, ich sei im dritten Monat schwanger.

Ich weinte. Mittlerweile arbeitete ich in einem Studio in Frankfurt als Disponentin und machte mir langsam einen Namen als Werbesprecherin – und jetzt das. Was sollte ich tun?

Irgendwann erzählte ich es Helmut. Er war überglücklich, sah darin natürlich überhaupt kein Problem und meinte: „Wir schaffen das schon. Das wird herrlich." Was er wirklich meinte, war aber: Ich würde das schon schaffen, denn mir war klar, dass er mit dem Kind zwar in seiner Freizeit spielen würde, alles andere aber würde an mir hängen bleiben.

Es war eine leichte Geburt. Ich wunderte mich über die Schreie in den anderen Kreissälen, aber die Hebamme erklärte mir, das seien Südländerinnen, die schrien so laut, damit es ihre Männer bis auf die Straße hörten, desto üppiger würden die Geschenke zur Geburt ausfallen.

Helmut kam mit einer hübschen, kleinen Topfpflanze. Er hatte sich Gedanken gemacht, wollte in meinem Sinne handeln. Die Topfpflanze könnte ich später zu Hause im Garten einpflanzen und hätte so vielleicht noch Jahre davon.

Er wurde barsch von der Oberschwester belehrt, dass man keine Erde mit ins Krankenhaus bringen dürfe. Traurig zog er von dannen.

Zu Hause hatte er eine alte Wiege gestrichen und bemalt, passend zur Einrichtung, und gab sich überhaupt viel Mühe, mir jeden Wunsch von den Augen abzulesen. Ich war gerührt, beachtete ihn aber kaum noch. Für mich drehte sich alles nur noch um mein Kind. Ich war verrückt nach ihm. Sobald es auch nur anfing zu schreien, nahm ich es in den Arm. Ich hatte sehr viel Milch und stillte ihn, bis er selbstständig Kartoffeln und Gemüse essen konnte. Ein Fläschchen oder Brei hat er nie bekommen.

Zum Glück hatte Helmut kurz vor der Geburt eine Gehaltserhöhung erhalten, sodass wir nicht gleich auf mein zusätzliches Gehalt angewiesen waren.

Nach etwa einem Jahr hatte ich das Angebot bekommen, wieder fest in dem Studio mitzuarbeiten und gleichzeitig eine Hörspielserie aufzunehmen. Jetzt waren mir meine Landfrauen sehr von Nutzen.

Sie vermittelten sie mir Helga, ein sehr liebes Mädchen, das Hauswirtschaft gelernt hatte und nun bei uns die Woche über wohnte, mein Söhnchen versorgte, kochte und backte. Von ihr konnte ich noch einiges lernen. Freitagabends fuhr ich sie zu ihren Eltern, und die brachten sie am Sonntagabend wieder zu uns.

Da ich meinen kleinen Liebling gut versorgt wusste, hielt sich mein schlechtes Gewissen, mich nicht mehr selbst um ihn zu kümmern, in Grenzen. Dieses Mädel vom Land tat ihm auch zusehends gut. Er spielte bei jedem Wetter draußen, kannte die vorbeifahrenden Bauern mit Namen und saß am liebsten bei ihnen auf dem Traktor. Er liebte es, sich richtig schmutzig zu machen. Vielleicht hat er deshalb nie mit Allergien zu tun gehabt.

DOPPELLEBEN

Mein Nachhauseweg führte mich zwangsläufig über Bad Homburg. Manchmal fuhr ich von der Umgehungsstraße ab, um noch beim Bäcker oder Metzger etwas einzukaufen, die ich noch aus meiner Zeit mit Uli kannte.

Und da geschah es eines Abends, dass wir uns kurz vor Ladenschluss über den Weg liefen.

Hatte ich das nicht heimlich gehofft?

Es blieb bei einem kurzen nüchternen „Wie geht´s?" und „Was machst du hier?".

Ich erzählte von meinem Sohn und dem Haus. Beim Abschied steckte ich ihm meine neue Visitenkarte zu mit der Telefonnummer vom Studio.

Tage, die mir wie Wochen vorkamen, geschah nichts, dann endlich ein Anruf.

„Kannst du heute Abend zum Essen vorbeikommen? Es gibt Ente in Orangensauce."

„Ich kann um 18 Uhr da sein."

„Fein, bis dann."

Um halb sechs rief ich zu Hause an und erzählte etwas von einem unerwarteten Kunden, dass ich anschließend noch mit ihm essen gehen müsse und es unter Umständen spät werden könnte.

„Kein Problem, Juliane. Ich bin ja da. Fahr vorsichtig, es soll Glatteis geben heute Nacht."

„Danke, ich pass auf. Gib meinem kleinen Schatz bitte einen Kuss."

Mein Herz klopfte bis zum Hals, als ich vor seinem Haus parkte. Später war ich kaum imstande, Messer und Gabel zu halten. Das Zittern hörte erst auf, als mich Uli nach dem Essen in den Arm nahm. Wir tranken eine Flasche Rotwein und unter Tränen erzählte ich ihm alles. Auch das, was ich ihm in meinen Briefen verschwiegen hatte, und überhaupt, wie es zu der jetzigen Situation kommen konnte.

Erst dann fiel mir auf, wie dünn er geworden war, nicht wirklich dünn, aber sehr viel schlanker als früher. Sein Gesicht war dadurch noch markanter. Es störte mich auch nicht, dass er keine Haare mehr hatte.

„Ist das jetzt dein neuer Look?"

„Nein, sie sind mir nach der Chemo ausgefallen und seitdem so dünn und fusselig, dass ich lieber eine Glatze trage."

Sehr ruhig berichtete er mir von seiner Magen-Darm-Erkrankung, die sich als Krebs herausgestellt hatte, aber die chinesischen Ärzte hätten ihn wiederhergestellt. Er schwärmte von der Traditionellen Chinesischen Medizin und meinte, dass es wohl so hätte sein sollen, dass er dort erkrankte und geheilt wurde.

Das sei einer der Gründe gewesen, warum er sich nicht gemeldet hätte. Außerdem hätte er meinen Schritt mit der Heirat nicht begriffen und würde ihn wohl auch nie begreifen.

Es war lange nach Mitternacht, als ich die letzten Kilometer nach Hause zurücklegte, und tatsächlich, es hatte geschneit und war angefroren, ich musste mich sehr konzentrieren, um heil anzukommen.

Meine aufgewühlte Verfassung erklärte ich mit der schlimmen Fahrt, und Helmut meinte, es wäre vernünftiger gewesen, in Frankfurt zu bleiben und im Studio zu übernachten, als das Risiko auf sich zu nehmen und bis in den Hochtaunus zu fahren.

Er ahnte nichts. Auch nicht, als ich später tatsächlich einige Male über Nacht angeblich in Frankfurt blieb.

Ich führte ein Doppelleben. Früher als sonst fuhr ich jetzt morgens los, kaufte frische Brötchen bei unserem Lieblingsbäcker und frühstückte dann ausgiebig mit Uli. Oftmals landeten wir auch noch mal kurz im Bett.

SCHEIDUNG

Im Studio gab es zwar immer öfter Ärger wegen meines ständigen Zuspätkommens, aber ich machte jedes Mal die Straßenverhältnisse dafür verantwortlich. Ein schlechtes Gewissen hatte ich nur meinem Sohn gegenüber. Es kam jetzt häufiger vor, dass ich ihn nur noch schlafend sah, und das tat mir sehr weh. Ich bemühte mich an den Wochenenden, alles an Liebe nachzuholen, aber das schlechte Gewissen blieb. Das versuchte ich mit vielen Geschenken, über die er sich natürlich freute, zu beruhigen.

Irgendwann fing ich an, furchtbar zu leiden, wenn ich mich in der Nacht anziehen musste, um ins kalte Auto zu steigen und nach Hause zu fahren. Wie gerne wäre ich bei Uli geblieben. Und auch Uli litt. Eines Tages sagte er: „Mein Angebot steht, zieh zu mir samt Kind. Du musst nicht mehr arbeiten."

Aber da war sie wieder: die Sorge, sich auszuliefern. Ich war gerade dabei, beruflich vorwärtszukommen und ich wollte jetzt nicht alles aufgeben. Ich arbeitete eine Nachfolgerin für das Studio ein und kündigte. Aber etwa nicht, um nicht mehr zu arbeiten, ganz im Gegenteil.

Ich konnte es mir erlauben, frei als Sprecherin und Regisseurin zu arbeiten, denn ich war gefragt. Zwar fand ich mich selbst noch immer nicht gut, aber andere bewerteten das völlig anders.

Mit Helmut lief es immer schlechter. Er litt still, beklagte sich nicht, aber wir lebten nur noch nebeneinander her. Nach einem schrecklichen Streit erklärte ich ihm endlich meine Veränderung, aber anstatt böse zu werden, meinte er nur: „Ich kann das ertragen, wenn du nur bei mir bleibst und wir nach außen weiterhin eine glückliche Familie sind."

Ich war sprachlos. Wie Schuppen fiel es mir von den Augen: Haus, Doppelgarage, Ehefrau und Kind waren Statussymbole für ihn, wichtiger als echte Liebe. Er hatte sich in unserem Dorf eingerichtet, wollte dort alt werden und nach außen hin bloß keine Veränderung.

Am nächsten Tag mietete ich eine Einzimmerwohnung in Frankfurt und für den nächsten Samstag einen VW-Bus. Helga, unser Mädchen, hatte ein paar Tage Urlaub. Ich packte Kleidung und Spielsachen ein und unsere Wohnlandschaft, so nannte man damals Polster, die man nebeneinander stapeln konnte, um auf ihnen zu sitzen oder zu liegen.

Meinem Sohn gefiel das. Endlich hatte er mich mal wieder ganz für sich allein. Für ihn war unser Aufbruch wie ein kleines Abenteuer.

Ich zahlte Helga noch zwei Monatslöhne und meldete meinen Sohn in Frankfurt in einem privaten Kindergarten an. Am Wochenende brachte ich ihn zu seinem Vater und fuhr dann zu Uli. Wir redeten viel. Uli konnte einfach nicht begreifen, dass ich es wieder einmal alleine schaffen und nicht von ihm abhängig sein wollte.

Aber so war es. In mir war ein ungeheurer Drang nach Selbstverwirklichung, und der ließ eine traute Zweisamkeit beziehungsweise Dreisamkeit nicht zu.

Für Helmut wurde es immer schwieriger, den Schein zu wahren. Es sprach sich herum, dass ich ausgezogen war. Er wurde bemitleidet. Ich befürchtete, er würde mir eines Sonntags nicht mehr mein Kind herausgeben. Wir stritten um jede Kleinigkeit.

Ich reichte die Scheidung ein. Er war dann doch so vernünftig, mit einem gemeinsamen Anwalt einverstanden zu sein. Wir unterschrieben, schon über ein Jahr von Tisch und Bett getrennt zu leben und keinerlei Ansprüche gegenseitig zu stellen. So gab es eine schnelle, preiswerte Scheidung.

Aber das Schwerste stand mir noch bevor. Ich wollte unbedingt das alleinige Sorgerecht für mein Kind. Als Freiberuflerin war das gar nicht so einfach. Zigmal besuchte uns eine Sozialarbeiterin, spielte mit ihm, befragte ihn. Dann kam endlich die entscheidende amtliche Mitteilung. Helmut war böse. Er meldete sich lange nicht, zahlte keinen Unterhalt. Ich beobachtete, dass er häufig abends vor unserem Haus stand, aber er klingelte nicht.

Er schrieb plötzlich Liebesbriefe. Nie zuvor hatte ich

welche von ihm erhalten. Als Erstes fielen mir die vielen Rechtschreibfehler auf, aber das war gemein. Ich musste zugeben, dass er anfing, um uns zu kämpfen. Er tat mir leid.

Wir einigten uns viele Wochen später, dass er seinen Sohn sehen konnte, wann immer er oder das Kind es wollten. Er kümmerte sich dann sehr lieb um ihn.

Aber bald fing er wieder an, einen übermäßigen Lebensstil zu führen, und hätte sich nicht eine alte Schulfreundin, ebenfalls inzwischen geschieden, um ihn gekümmert, wäre wohl bald wieder der Gerichtsvollzieher zu Gast gewesen.

Dreimal in anderthalb Jahren wechselte ich die Wohnung. Immer ein klein wenig größer und schöner. Uli verstand mich nicht. Warum war ich nur so dickköpfig, das fragte er immer wieder.

Und auch ich war nicht immer so sicher, ob ich es die nächsten Jahre allein schaffen würde.

Meine Arbeitszeiten waren oft unregelmäßig, sodass sie mit den Kindergartenzeiten nicht korrespondierten. Zum Glück kannte ich inzwischen viele Frauen, denen es genauso erging, und wir halfen uns gegenseitig so gut wie möglich.

Manchmal waren wir jetzt zu dritt in Bad Homburg. Für Uli war es schwer. Er wollte meinem Sohn so vieles zeigen und erklären, aber er überschätzte die Aufmerksamkeit eines Fünfjährigen.

Jahre später war ich völlig verdutzt, als mich mein Sohn fragte: „Mama, warum hast du nicht den Uli geheiratet?

Dann hättest du es doch nicht so schwer gehabt."
Ja, warum? Angst vor der Abhängigkeit, Angst vor dem Altersunterschied, Angst vor zu viel Nähe?
Irgendwann war es zu spät. Uli heiratete seine Ernährungsberaterin, die ihn seit seiner Krebserkrankung betreute. Eine selbstbewusste Frau, die ihn zu dieser Entscheidung gedrängt hatte. Sie akzeptierte, dass ich mir manchmal Rat bei ihm holte, dass wir freundschaftlich verbunden blieben, aber ich glaube, es war nur Schein. Gleich nach der Wende zogen sie an die Ostsee, des Klimas wegen.

MEIN SOHN

Mein Sohn entwickelte sich prächtig, er war mein Ein und Alles. Ab und zu besuchte er seinen Vater, um ihm bei irgendwelchen Computerproblemen zu helfen, die er dann spielerisch löste. Woher er dieses Wissen hatte, blieb mir verborgen.

Ich versuchte, ihm so viel wie möglich von der Welt zu zeigen, offen, ehrlich und neugierig zu bleiben, und sich immer zu fragen, was ihm den größten Spaß, die größte Freude bereitete.

Das führte dazu, dass er in der Schule nicht in allen Fächern glänzte, aber dafür in manchen so herausragend war, dass er damit unterm Strich alles ausglich.

Er verreiste unheimlich gern. Bei seinen vielen sportlichen Aktivitäten fiel es ihm nicht schwer, sich jedes Jahr schöne Ziele auszusuchen, entweder im Austausch mit Gastschülern oder in Feriencamps.

Mit zehn Jahren verbrachte er die Sommerferien bei

einer Familie in Brighton und kam mit sehr guten Eng-
lischkenntnissen zurück. Nur unter der englischen Küche hatte er gelitten. Er lobte danach sogar meine be-
scheidenen Kochkünste.

Mit zwölf fuhr er mit einer größeren Gruppe in ein Zelt-
lager nach Frankreich an die Ardèche. Sie paddelten und
trieben auch sonst viel Sport. Einige Jahre später erzählte
er mir, er hätte dort zum ersten Mal eine Zigarette ge-
raucht und ein Mädchen richtig geküsst. Zum Beweis
zeigte er mir ein Foto, auf dem er mit nacktem Ober-
körper aus dem Zelt schaut und sehr lässig eine Zigarette
zwischen den Lippen hält.

Mit 14 flog er allein zu einer Gastfamilie nach Pittsburgh,
Ohio. Mit der Familie unternahm er weite Ausflüge und
kam so im Land herum. Nach einer Woche rief er mich
an und meinte: „Amerika ist klasse, wenn man viel Geld
hat. Kannst du mir bitte noch welches schicken?"

Diese Reisen haben ihn geprägt und entsprechend oft
waren auch Jungs aus anderen Ländern bei uns. Das
erweiterte unsere Sprachkenntnisse, unsere Essensge-
wohnheiten und den Umgang ganz allgemein.

Wir hatten ein kameradschaftliches Miteinander, konnten uns aufeinander verlassen. Erst in der Pubertät kam
es zu kleinen Brüchen, die verständlich waren. Manches
wurde jetzt von ihm infrage gestellt, und wir diskutier-
ten dann stundenlang.

Ich war und blieb mit meiner Arbeit verheiratet, da hatten zwar Liebeleien und harmlose Flirts, aber kein stän-
diger Partner Platz.

Wir wohnten inzwischen in einem idyllischen Fachwerkhaus südlich von Frankfurt auf dem Land. Durch die Organisation „Rettet das Dorf in der Stadt", der auch Uli angehörte und die in vielen Orten alte Häuser vor dem Abriss bewahrte und Tipps zur Erhaltung der Gebäude gab, war ich auf die Fränkische Hofreite von 1723 gestoßen. Mit viel Liebe und Eigeninitiative wurde sie zu einem kleinen Schmuckstück. Mein Sohn war mir dabei eine große Hilfe. Eines Tages erfuhren wir, dass es angeblich von unserem Keller aus einen geheimen Gang bis jenseits der ehemaligen Stadtmauer gab. Durch solche Geheimgänge konnte man bei Belagerungen nach draußen gelangen und sich mit frischen Waren versorgen.

Der Fußboden unseres Kellers war aus gestampfter Erde, deshalb war es recht einfach, ihn aufzubuddeln.

Leider brach mein Sohn das Unterfangen nach einigen Tagen ab. Den Geheimgang hatte er nicht entdeckt, dafür aber ein rostiges Hufeisen gefunden, das ihm sicherlich schon viel Glück gebracht hat.

DER LADEN

Es ergab sich einfach. Seidentops mit breiter Spitze waren das Must-have der 1980er Jahre. Leider bis maximal Größe 44, die hatte ich zur Konfirmation getragen. In größeren Größen gab es kaum etwas, das mir gefiel. Da ich damals häufig in Wien zu tun hatte, unternahm ich einmal einen Abstecher und fuhr weiter in Richtung Süden bis Como.

Ich hatte erfahren, dass es dort die besten Seidenfabriken gäbe. Und tatsächlich: in schon reichlich verfallenen Gebäuden fand ich die reinsten Schätze. Ich schwelgte in Seide und lud damit mein Auto voll. Völlig unbekümmert fuhr ich zurück über den Brenner, und zum Glück wollte auch keiner wissen, was ich transportierte.

Zwei Freundinnen halfen mir. Die Nähmaschine ratterte bis spät in die Nacht. Ich trug jetzt nur noch lässige, schwarze Seidenhosen, schwarze Tops mit breiter Spitze und darüber einen weit ausgeschnittenen Pulli oder eine Bluse.

Die Tage wurden kühler, und ich kam auf die Idee, schwarze Seidenjacken im Parka-Stil leicht zu wattieren und mit bunter Seide zu füttern. Man konnte sie von beiden Seiten tragen. Aus der bunten Seide nähte ich auch gleich Shirts, die wiederum schwarz eingefasst waren. Diese Basics ließen sich leicht zu mehreren Outfits kombinieren. Aus Stoffresten entstanden noch Krawatten, Schals oder Tücher. Immer öfter wurde ich auf meine Kleidung angesprochen, und im Handumdrehen hatte ich eine kleine Fangemeinde.

Im Erdgeschoss des Fachwerkhauses richtete ich einen Laden ein. Er machte sich gut in der alten Straße mit Kopfsteinpflaster, zwischen einer Bäckerei und einem Metzger.

Die Schneiderinnen konnten die Nachfrage kaum bewältigen. Ich fuhr auf Messen und schaute, wer schicke Konfektion in großen Größen anbot. Es waren nur wenige und so blieben unsere selbstentworfenen Modelle die gefragtesten.

Die Arbeit machte Riesenspaß. Obwohl ich tagsüber häufig in Studios unterwegs war, freute ich mich stets auf den Samstag, wenn Kundinnen zum Teil von weit her anreisten, um sich von mir beraten und einkleiden zu lassen.

Wir hatten weder ein großes Schaufenster noch machten wir Werbung, das Geschäft florierte allein durch Mundpropaganda. Die Frauen fühlten sich bei uns wohl. Es wurde Kaffee oder Tee gereicht und dabei in aller Ruhe anprobiert. Aber nicht in engen Umkleidekabinen wie sonst meist. Nein, wir hatten großzügige, durch Vorhänge abgeteilte Kabinen, ausgestattet mit Stuhl und Spiegel und mit genügend Haken und Bügeln, um die eigene Garderobe aufzuhängen. Ein wenig Kosmetik stand auch bereit.

Außerdem verkauften wir bei Hosenanzügen oder Kostümen die Teile auch einzeln. Mir war nämlich aufgefallen, dass die meisten Frauen oben und unten unterschiedliche Kleidergrößen hatten. Das kam unglaublich gut an. Denn keiner außer uns machte das. Mit dieser Idee gewannen wir viele zufriedene Kundinnen.

Bald veranstalteten wir unsere erste Modenschau, natürlich mit Kundinnen als Models. Kreative Freundinnen steuerten Schmuck und Accessoires bei, die wir in Kommission nahmen und bei der Modenschau ebenfalls vorführten.

Mit jeder neuen Kreation stieg mein Selbstbewusstsein, und es gelang mir, ein wenig davon auch auf unsere Kundinnen zu übertragen. Stolz zeigten wir unseren Luxuskörper, ohne uns, wie früher meist, schamhaft zu verhüllen.

Ein größeres Ladengeschäft wurde bald angemietet, aber leider konnte ich mich selbst kaum noch darum kümmern. Ich war oft tagelang unterwegs, quer durchs Land von Hamburg bis München oder in Wien und von London bis Paris.

Mit den Mitarbeiterinnen gab es Unstimmigkeiten. Immer öfter kamen Teile abhanden oder stimmte die Kasse nicht mehr. Mich enttäuschte das so maßlos, dass ich mich, nachdem noch andere Dinge wie Stellplatzlösun-

gen für Kunden und vieles mehr dazukamen, von meinen „Molly-Läden" trennte.

Aber noch lange trug ich am liebsten die selbstentworfenen Teile, die keiner Mode unterlagen und deren Quali-
tät lange hielt.

JAHRE SPÄTER

Manchmal juckte es mich in den Fingern, Ulis Nummer zu wählen, aber ich ließ es. Stattdessen schaute ich im Internet, das es inzwischen gab, welches Bauvorhaben er gerade hatte. Seine Häuser erinnerten mich immer mehr an die von César Manrique, einem Künstler und Architekten auf Lanzarote.

Vor vielen Jahren hatte ich mehrfach die Vulkaninsel bereist, wo an vielen Stellen der Sandstrand schwarz ist. Manrique begegnet man dort auf Schritt und Tritt. Er hat die Insel geprägt und mich damals schon fasziniert. Als ich zufällig las, dass Manrique bei einem Autounfall 1992 ums Leben gekommen war, berührte mich das, denn es zeigte auch ein Foto von ihm, und auf diesem Bild sah er Uli irgendwie sehr ähnlich.

Ich war nach wie vor kein wirklich politischer Mensch. Natürlich verfolgte ich die Nachrichten und es interessierte mich, wenn es Neuigkeiten vom Roten Danny,

Joschka Fischer oder anderen bekannten Vertretern der inzwischen etablierten Grünen gab. Ich wählte auch Grün, weil mir mein Unterbewusstsein sagte, dass das ständig wachsende Konsumverhalten und das daraus resultierende Größenwahnsinnige, wie ich es naiv nannte, nicht gesund sein konnten. Die großen Parteien nahmen sich dieses Themas meiner Meinung nach zu wenig an.

Ich vermied, in Discountern einzukaufen, sondern kaufte wenn möglich direkt beim Bauern ein, pflückte im Sommer auf den naheliegenden Feldern Erdbeeren und war stolz auf meine selbstgekochten Marmeladen. Kräuter, Schnittsalate und Zucchini erntete ich von meinen Hochbeeten.

Seit mehreren Jahren war ich mit einem Mann liiert, mit dem man wunderbar verreisen konnte. Wir hatten uns in einem Französischkurs kennen gelernt, beide wollten wir unsere Kenntnisse dieser Sprache verbessern. Leider gelang uns das nicht perfekt, dafür verbrachten wir zu gern Stunden im Bett als in der Schule.

Aber wir lernten vor Ort, besuchten mehrfach Paris und entdeckten dort jedes Mal Neues. Dann nahmen wir uns die Normandie und die Bretagne vor. Ich kann nicht sagen, wo es schöner war. Meine Vorliebe für alles Französische war seit meiner Schauspielschulzeit ungebrochen. Bei ihm kamen noch seine hugenottischen Vorfahren hinzu, was ihn mir auf Anhieb sympathisch machte. Dazu hatte er einen untrüglichen Orientierungssinn. Egal wo wir uns befanden, er wusste immer, wo es langging oder wie wir am besten von A nach B kamen.

Dadurch, dass wir getrennte Wohnungen hatten und uns nur die schönen Stunden teilten, kam nie Unmut auf. Aber auf diese Weise lernten wir uns auch nie wirklich kennen. Tiefe Gespräche gab es nicht. Als ich ihn einmal darauf ansprach, war er verletzt. Mehr könne er nicht geben, das läge an seiner Kindheit. Ich hätte fast erwidert, dass man irgendwann seine Kindheit überwunden haben muss oder sich mit bestimmten Verhaltensmustern auseinandersetzen sollte. Aber ich ließ es.

Und dann geschah es. Ich erholte mich gerade von einer schweren Lungenentzündung, da kam wie aus dem Nichts sein Anruf: „Wie geht es dir?"

„Leider im Moment nicht so gut. Ich hatte eine Lungenentzündung und bin noch nicht wieder auf dem Damm."

„Schaffst du es, mit dem Auto hier hoch zu kommen? Ich pflege dich und koche dir alle deine Lieblingsgerichte."

„Und was sagt deine Frau dazu?"

„Wir sind geschieden. Ich hatte endlich den Mut dazu."

STRANDSPAZIERGANG

Als wir unseren ersten Strandspaziergang unternahmen, sagte ich: „Du hast mir immer aus Shanghai geschrieben, dass du mich liebst, aber gesagt hast du es mir nur einmal in Èze, in der ersten Nacht in dem kleinen Steinhaus."

„Ich erinnere mich gut, aber ich spreche erst wieder darüber, wenn sich an dieser Tatsache etwas geändert hat." Er schmunzelte und sah aus wie damals auf dem Boot, als wir uns kennen gelernt hatten.

Die Luft war wie Seide, die Häuser sahen alle wie frisch gestrichen aus. Ich versuchte es anders: „Ich frage mich warum? Warum erst jetzt? Warum war ich so dumm? Wie viele Jahre haben wir versäumt?"

„Wir haben nichts versäumt. Du wolltest es so. Hätten wir es anders gemacht, wäre immer ein Stachel in dir geblieben, der dich gepiesackt hätte mit deinem unbändigen Selbstständig-sein-Wollen. Du hast alles gehabt, du hast dich nicht geschont, du hast ein reiches Bündel an

Erfahrungen. Ich auch. Und jetzt sind wir so weit, dass wir genießen können."

Ich hakte mich fester bei ihm ein. Wie Recht er hatte. Gleichzeitig kam mir in letzter Zeit immer öfter die Frage nach dem Tod. Rein rechnerisch gesehen: wie viel Zeit blieb uns noch? Als könnte er meine Gedanken lesen sagte er: „Mach nicht so ein ernstes Gesicht. Es ist wissenschaftlich erwiesen, dass Menschen, die täglich lachen, um zwanzig Prozent länger leben."

„Es ist gemein, dass du meine Gedanken lesen kannst." Ich boxte ihn sanft in die Seite.

„Du hast mich gewollt. Jetzt beschwer dich nicht. Es sind die Frauen, die sich die Männer auswählen, nicht umgekehrt. Auch wissenschaftlich erwiesen."

Ich küsste ihn wie wild. Es war ihm immer noch unangenehm, so in aller Öffentlichkeit. Aber das war mir egal. Ich liebte ihn und war so unsagbar dankbar und glücklich.

Wenn wir vertraut im Bett lagen und uns liebten, musste ich häufig daran denken, dass man sich als junger Mensch gar nicht vorstellen kann, dass alte Menschen noch so zärtlich und sexuell aktiv sein können. Jedenfalls war es bei mir so, denn in meiner Familie hatte ich niemals intime Berührungen oder Küsse beobachten können.

Ich bildete mir ein, dass unsere Sexualität jetzt sogar noch schöner und intensiver war.

Zumindest waren wir danach müder als früher. Ich musste manchmal lachen, wenn ich daran dachte, dass ich früher nach unserem morgendlichen Beischlaf zur Arbeit gefahren war. Jetzt freute ich mich, dass wir danach beide noch mal selig für mindestens zwei Stunden schliefen.

Und genauso häufig dachte ich daran, dass dieser Mann mit knapp 40 Jahren beinahe an Krebs gestorben wäre und jetzt mit 80 außer ein paar Abnutzungserscheinungen fitter war denn je.

Die Ehe mit der Ernährungsberaterin hatte ihm gutgetan. Er achtete mehr auf sich, kochte sehr leicht, mediterran mit vielen frischen Kräutern, die er in Hochbeeten in seinem Garten zog.

Trotz des privaten Glücks hatte ich nicht völlig aufgehört zu arbeiten. Ich fuhr jetzt öfter mal nach Berlin zum Synchronisieren oder Einsprechen eines Hörbuchs. Ab und zu brauchte ich noch das Gefühl, auf eigenen Beinen zu stehen, und es schmeichelte mir, immer noch für die ein oder andere Rolle engagiert zu werden.

Manchmal schaffte ich es mit dem Auto in weniger als zwei Stunden. Ab und zu gönnte ich mir auch einen Flug von Rostock aus. Neulich bot mir ein junger Mann in der Berlin U-Bahn seinen Platz an.

„Sehe ich schon so alt aus?", fragte ich neckisch.

„Nein", meinte er verdutzt, „ich wollte nur höflich sein."

Aber dieses kleine Beispiel zeigte mir, dass ich nicht mehr zu den Jungen gehörte, obwohl ich mich so jung fühlte wie noch nie in meinem Leben zuvor.

Ich ertappte mich dabei, dass ich mich jetzt wieder öfter ins Ohr zwickte und dachte: hätte, hätte! Aber das war natürlich dumm. Die Vergangenheit kann man nicht

rückgängig machen. Und dann fiel mir stets Ulis Lieb-
lingszitat von Goethe ein: „Auch aus Steinen, die einem
in den Weg gelegt werden, kann man Schönes bauen!"

Was du liebst, lass frei. Kommt es zurück,
gehört es dir – für immer.

Konfuzius

GERHARD

WIEDERSEHEN

Sie war nervös, während sie auf ihn wartete. Sie hasste es, allein in einem Restaurant zu sitzen. Warum war sie auch zu früh aufgebrochen? Warum hatte sie sich überhaupt darauf eingelassen?

„Möchten Sie schon bestellen?", fragte der Kellner.

„Nein, ich warte noch auf jemanden."

Und wenn er gar nicht kam? Wenn er sie nur auf die Probe hatte stellen wollen, ob sein Charme noch wirkte? Sie war knapp 60, aber diese unerklärlichen, nicht zu kontrollierenden Gefühlswallungen waren genauso stark wie vor zehn Jahren, als sich kennen gelernt hatten. Sie fühlte sich komplett in die Zeit zurückgesetzt. Hatte sie ein Déjà-vu?

Aus der Handtasche zog sie ihren Fächer und obwohl der Raum angenehm temperiert war, öffnete sie ihn und wedelte sich zu.

Sie liebte Fächer, hatte Dutzende davon, farblich immer

abgestimmt zur Kleidung. Zum blauen Hosenanzug passte heute der Monet-Fächer mit blauen Seerosen. Ihr Mann hatte ihn ihr geschenkt, letztes Jahr in Basel, als sie die Monet-Ausstellung in der Fondation Beyeler besucht hatten.

Sie zuckte zusammen, als sie an ihren Mann dachte. Gleichzeitig schaute sie auf den Ring mit dem Lapislazuli an ihrer rechten Hand. Auch ein Geschenk von ihm. Ein Mitbringsel von einer Südamerikareise.

Warum sitzt du hier, schoss es ihr wieder durch den Kopf. Was soll das? Du solltest glücklich und dankbar sein …

„Ist der Platz noch frei, schöne Frau?"

Jetzt zuckte sie richtig zusammen. Gänsehaut am ganzen Körper, als er, hinter ihr stehend, sie sanft auf den Nacken küsste und zärtlich durch ihre Locken strich.

„Eigentlich war ich gerade im Begriff zu gehen", antwortete sie kühl.

„Bitte verzeih", sagte er, während er ihr gegenüber Platz nahm, „als ich loswollte, bekam ich noch einen beruflich sehr wichtigen Anruf."

„Ich denke, du arbeitest nicht mehr?"

„Nicht mehr als Angestellter, ich kann jetzt als Freiberufler endlich tun und lassen, was ich will. Oh, ich habe großen Hunger. Hast du schon bestellt?"

„Nein, ich habe natürlich brav auf dich gewartet." Sie lächelt kokett.

Er sah noch viel besser aus, als sie ihn in Erinnerung hatte. Groß, stattliche Figur, leicht gebräunt, die vollen Haare an den Schläfen grau. Und diese Wahnsinnsaugen. Tiefblau und unergründlich. Sie schmunzelte, als er nun zum Studieren der Menükarte eine Brille aufsetzte. Aber auch die stand ihm, wie alles, was er trug, dachte sie ein wenig neidisch.

Er konnte schon immer von der Stange tragen, was er mochte, es passte wie angegossen. Sie war froh, dass sie einen eigenen lässigen Stil gefunden hatte, den es in keinem Kaufhaus gab und der ihre Problemzonen gekonnt überspielte.

„Ich nehme die Hähnchenbrust in Mango-Chili-Soße. Dazu einen Chardonnay. Und du?"

„Das hast du vor zehn Jahren auch bestellt. Ich nehme nur einen gemischten Salat mit Himbeer-Walnussdressing und eine Apfelsaftschorle. Ich muss ja noch fahren."

Langsam hatte sich ihre Haut wieder beruhigt und auch das innerliche Zittern war weniger geworden.

„Warum dieses Wiedersehen?" Sie versuchte, überrascht zu klingen.

„Mir fehlt dein Lachen, dein Weinen, dein Stirnrunzeln, so wie jetzt." Er lächelte. Die Grübchen auf seinen Wangen erschienen.

„Wir hatten eine Abmachung", versuchte sie zu insistieren.

„Was kümmert mich mein Geschwätz von gestern. Hat schon Adenauer gesagt." Er hörte nicht auf, sie anzulächeln.

„Aber du weißt, was das bedeuten könnte", sagte sie leise und ihre Stimme klang etwas rau.

„Ja", antwortete er zärtlich und ernst zugleich.

ZEHN JAHRE ZUVOR

Sie stand in der Küche und bereitete gerade das Abendessen vor. Mal wieder war sie spät dran gewesen und konnte sich nun nicht entscheiden, welches Tiefkühl-Gemüse sie nehmen sollte. Es musste schnell gehen, ihr Mann saß schon hungrig vor dem Fernseher. Da klingelte das Telefon.

„Hallo", meldete sie sich knapp.

„Spreche ich mit Melanie Müller?", fragte eine angenehme männliche Stimme.

„Ja, um was geht es? Ich habe wenig Zeit."

„Mein Name ist Nick Langer. Ich würde gern ein Interview mit Ihnen machen."

„Rufen Sie bitte morgen an, nach 16 Uhr. Auf Wiederhören."

Sie stand vor dem offenen Eisfach, immer noch zwei Gemüsesorten in der Hand.

„Wer war das, Schatz?", kam es aus Richtung Couch.

„Irgendein Zeitungsfutzi. Essen in zehn Minuten! Möchtest du ein Bier?"

„Lass nur, ich mach das schon", und dann etwas leiser: „Wird aber auch Zeit ..."

Sie entschied sich für das Sommergemüse und legte die Erbsen zurück. Dann nahm sie rasch die beiden Steaks aus der Pfanne, legte sie auf einen Teller und schob ihn in den Backofen. Das tiefgefrorene Gemüse ließ sie ins restliche Bratfett gleiten. Schnell wendete sie es, damit es nicht anbrannte. Jetzt signalisierte die Mikrowelle, dass der Reis fertig war. Sie deckte in Windeseile den Tisch und zündete eine Kerze an. Ihr Mann drehte den Fernseher auf seinem Sockel so, dass sie auch vom Tisch aus fernschauen konnten.

„Nachrichten!", rief er im Aufstehen. Er goss sich ein Bier ein und ihr ein großes Glas Wasser.

Schweigend aßen sie, und nach den Nachrichten schaltete er auf den Regionalsender um.

„Hast du die Pressemitteilung von heute Nachmittag gelesen, Schatz? Das wird ein Nachspiel haben."

Als nächstes würde er lang und breit von der Sitzung heute früh berichten. Sie hasste es. Immer nur Politik, Politik, Politik. Dabei hatte sie das Gefühl, dass zwar unendlich viel geredet, manchmal auch etwas beschlossen wurde, sich unterm Strich aber nicht viel änderte. Die Politik, zumindest die Kommunalpolitik, hinkte ihren vielen Aufgaben immer hinterher. Und dann dieses Kungeln und Pöstchen verschieben.

In der Werbebranche ging es zwar auch nicht besser zu

und jeder wusste, dass in der Werbung viel gelogen wurde, aber die Politiker wollten das für sich nicht wahrhaben. Allen voran ihr Mann. Auf der einen Seite war er stolz auf das, was sie machte, auf der anderen Seite verunglimpfte er alles pauschal.

„Mit Kartoffeln hätte es besser geschmeckt", holte er sie jetzt aus ihren Gedanken.

„Dann hättest du aber eine halbe Stunde länger warten müssen", entgegnete sie leicht gereizt.

Es war so selten, dass er abends überhaupt zu Hause war. Meist kam er um vier oder fünf, trank einen Kaffee, aß ein Stück Kuchen, der immer vorhanden sein musste. Sie verriet ihm allerdings nicht, dass es meist Backmischungen waren, die sie leicht abwandelte. Anschließend zog er sich um und ging zu abendlichen Sitzungen oder Veranstaltungen, auf denen er meinte, sich blicken lassen zu müssen.

Nur wenn es gar nicht zu entschuldigen ging, begleitete sie ihn. In der Nacht tat ihr dann der Kiefer weh vom ewigen Lächeln. Viel beitragen konnte sie nicht, nur hübsch anzusehen sollte sie sein. Die Männer vergötterten sie, wegen ihrer wunderschönen Stimme, die Frauen schauten meist neidisch.

Sie war ein Nachtmensch. Abends, wenn alle Mitarbeiter weg waren und sie wusste, dass auch ihr Mann nicht zu Hause auf sie wartete, saß sie am liebsten im Büro und arbeitete. Dann war ihr Kopf glasklar und sie hatte die besten Einfälle. Auch schwierige Dinge, für die sie tagsüber keine Lösung gefunden hatte, erschienen ihr abends oder nachts in einem anderen Licht.

Sie bemerkte nicht, dass sie Raubbau an ihrem Körper trieb. Solange ihr die Arbeit so großen Spaß machte, konnte es nicht verkehrt sein, dachte sie.

IN DER U-BAHN

„Hör doch nur. Da. Diese Stimme. Ist sie nicht wundervoll?"

Verzückt schaute Gerhard zum Lautsprecher.

„Lass mich doch endlich mit dieser Stimme in Frieden. Ich bin müde, und ich möchte meine Zeitung lesen." Ärgerlich versuchte Paul die Zeitung so weit aufzuschlagen, dass er den Artikel zu Ende lesen konnte. Aber bei dem Geschubse und Gedränge war das gar nicht so einfach. Und dann nervte ihn Gerhard auch noch.

„Nächste Haltestelle: Weißer Stein!" Na, Gott sei Dank. Viele stiegen aus.

„Ich wette mit dir, das ist kein Computer." Paul guckte mitleidig, jetzt führte sein Freund und Kollege schon Selbstgespräche. Armer Kerl.

Irgendwann bei einem Mittagessen in der Kantine des Instituts hielt Paul ihm die Telefonnummer unter die Nase. „Das hat mich ganz schön Zeit und Überredungskunst gekostet. Die Herren von den Stadtwerken waren wenig kooperativ. Du hast die Wette gewonnen."

„Melanie Müller", las Gerhard laut, und sein kantiges Gesicht verzog sich zu einem breiten Grinsen. „Du bist ein wahrer Freund. Ich schenke dir meinen Gemüseauflauf."

„Ich mag keinen Gemüseauflauf ..." Aber da war Gerhard schon weg.

An dem Abend warf er sich zu Hause angezogen auf sein Bett, murmelte leise vor sich hin „Melanie" und stellte sie sich vor: üppig, blond, mit langen lockigen Haaren, vollem, roten Mund und zärtlichen Händen.

Melanie hingegen fluchte. Schon wieder war nur eine Kasse geöffnet. Sie stand mit dem vollen Einkaufswagen in der Schlange und schaute ungeduldig auf die Uhr. In zehn Minuten musste sie im Studio sein. Immer diese Hetzerei. Die Probe war so anstrengend gewesen, und ihr Magen knurrte zum Steinerweichen. Sie riss den Fünferpack Kinder-Milchschnitte auf und schlang die Süßigkeit hinunter. Gleich würde ihr schlecht werden, das wusste sie, denn sie mochte eigentlich keine Süßigkeiten, und erst recht nicht, wenn sie Hunger hatte.

Kaum hatte sie die Einkaufstüten im Wagen verstaut, klingelte ihr Handy. „Wo bleibst du denn?! Der Kunde wartet schon", rief ihr Auftraggeber ungeduldig.

„Sorry, ich stand im Stau. Bin gleich da." Das Handy noch unter das Kinn geklemmt, versuchte sie den Wagen aus der engen Parklücke zu manövrieren.

„Hi!" Mit ihrem schönsten Lächeln auf den verlogenen Lippen schwebte sie an der Sekretärin vorbei ins Studio. Sie küsste und umarmte den Techniker, schenkte ihm eine große Tüte bunter Chupa Chups-Lutscher, die mochte er so gern, und streckte im nächsten Moment dem Kunden ihre Hände mit den vielen Brillant besetzten Ringen und langen, rotlackierten Fingernägeln entgegen. Dem passte so viel Üppigkeit und Fröhlichkeit gar nicht ins Konzept. Er meinte nur mürrisch: „Na, dann können wir ja endlich anfangen. Hier ist Ihr Text. Bieten Sie mal was an."

Sie verschwand im Aufnahmeraum, schloss die Doppeltür hinter sich, rückte das Mikrofon zurecht und zog die Kopfhörer auf.

„Bild kommt. Mal eine zum Pegeln. Hör mal, ob der O-Ton okay ist."

„Okay", sagte sie etwas müde und überflog den Text. Er war grauenhaft und viel zu lang für einen 20-Sekunden-Werbespot. Jetzt begann die Knochenarbeit.

Nach etwa einer Stunde hatten sie den Spot im Kasten und einen zufriedenen Kunden. Wieder einmal war ihr das Kunststück geglückt, den Text so umzuformulieren, dass er am Ende sehr schön klang, und der Kunde das Gefühl hatte, es wäre alles seine Idee gewesen. Er verabschiedete sie mit Küsschen.

Sie strahlte von dannen, um im Auto zusammenzuklappen wie ein Taschenmesser. Sie hasste dieses Theater. Es kostete sie viel mehr Kraft als echtes Theaterspielen. Wenn die Leute wüssten, wie schwer es ist, Werbung zu sprechen! Aber dafür wird der Job auch sehr gut bezahlt, musste Melanie sich selbst gegenüber zugeben.

DAS TELEFONAT

Zwei Minuten nach vier klingelte das Telefon.

„Ja?"

„Langer noch mal …" Jetzt klang die Stimme gar nicht mehr so forsch wie am Abend zuvor.

„Ach ja, von welcher Zeitung sind Sie eigentlich?" Pause. „Hallo, sind Sie noch dran?"

„Ja, hm, ich habe Sie angelogen. Ich bin von keiner Zeitung … Mein Name ist Gerhard Langer. Ihre Stimme in der Bahn gefällt mir so gut. Ich wollte Sie einfach kennen lernen."

Melanie war platt. Sie hatte wirklich schon viel erlebt, aber das fand sie ziemlich dreist. Nachdem sie sich wieder gefasst hatte, siegte ihre Neugier und sie fragte ihn aus. Ihr Bauchgefühl suggerierte ihr, dass er es ernst meinte, wenn er mit dieser Hingabe von ihrer Stimme sprach. Natürlich war ihr das schon mehrfach passiert und sie hatte eine Mappe mit den nettesten Schreiben voller Komplimente bezüglich ihrer Stimme angelegt. Vielleicht guckte sie später irgendwann noch einmal hinein und erfreute sich dann daran. Aber dieser Mann berührte sie wirklich. Und so redeten sie fast eine Stunde am Telefon miteinander. Dann legte sie auf, zog sich um, hinterließ ihrem Mann eine Nachricht und fuhr zu dem verabredeten Restaurant.

Sie wollte es wissen. Wie sah er aus? Was war das für ein Mann, mit dem sie eben geflirtet hatte?

Nach der gescheiterten Ehe mit einem Sonnyboy, dessen Schulden sie noch viele Jahre hatte abtragen dürfen, war sie froh gewesen, ihren jetzigen Mann zu treffen, zuverlässig und ehrgeizig. Sie hatte seine Tochter und ihren Sohn aus erster Ehe großgezogen, ein gemütliches Heim geschaffen und ihn überzeugt, dass sie neben ihrer Arbeit als freie Moderatorin noch eine echte Aufgabe brauchte.

Er hatte seine Verbindungen spielen lassen, und so konnte sie vor zwei Jahren ihr Theater gründen. Halb sonnte er sich in ihrem Glanz, halb warf er ihr vor, ihn zu vernachlässigen. Sie hatte in letzter Zeit oft mit dem Gedanken gespielt, ihn zu verlassen, andererseits hätte er das wirklich nicht verdient.

SEINE STIMME

Gerhard hielt noch lange den Hörer in der Hand. Er konnte es nicht fassen. Sie hatte zugesagt. Ihm war ganz schwindelig vor Glück. Er zog sich an und wieder um, probierte sämtliche Krawatten aus, zum Glück hatte er nicht viele, und entschied sich für die erste Wahl. Diese Krawatte hatte ihm seine Frau zu Weihnachten geschenkt. Kurz zuvor waren sie nach West-Deutschland gezogen. Endlich war die Mauer gefallen. Wie lange hatten sie sich das gewünscht. Aber dann, als es so weit war, konnten sie es zunächst gar nicht glauben.

Ina hatte gleich nach dem Umzug einen Lehrstuhl an der Uni in Göttingen bekommen. Sie war glücklich, lebte auf, holte alles in vollen Zügen nach, was sie in der DDR vermisst hatte. Immer öfter ließ sie ihn mit den Kindern abends allein. Er sagte nichts. Lass sie sich austoben, dachte er, sie wird schon wieder vernünftig.

Als sie die Scheidung forderte, traf es ihn wie ein Schlag.

Die Enttäuschung schmerzte sehr.

Auch um Distanz zu schaffen, nahm er das erstbeste Job-
angebot an und landete so in Frankfurt am Main in einer
großen Firma für Gebäude- und Energietechnik. In seiner
Freizeit lebte er nur für seine Erfindung: ein Computer-
programm für die Klimatisierung großer Räume unter
Zuhilfenahme adiabater Abluftkühlung. Dafür wird
Fassadenbegrünung und Verdunstungskälte zur Klimatisierung genutzt und dadurch viel Strom gespart.

Seine Kinder sah er nur selten. Auch das tat weh. Er
ging nicht viel aus. Lernte ab und zu eine Frau kennen,
aber keine interessierte ihn ernsthaft. Fast drohte er zu
vereinsamen.

Und dann immer diese Stimme. Er hatte ein Jobticket
erhalten. Gleich am ersten Morgen war ihm diese Stimme aufgefallen und seitdem hatte er seinen Kollegen damit genervt. Und jetzt war er mit „seiner Stimme" verabredet. Er war wie betäubt. Auch in der Straßenbahn
auf dem Weg zu dem Restaurant, das sie genannt hatte,
begleitete sie ihn und sagte ihm die Stationen an.

Die Bahn hatte leichte Verspätung. Er hetzte die paar
Meter zum Restaurant, um auf wackligen Beinen den
Raum zu betreten.

Sie ärgerte sich über sich selbst. Aus Angst zu spät zu
kommen, war sie zu früh losgefahren, und hatte sogar
trotz Feierabendverkehr sofort einen Parkplatz gefunden. Im Auto sitzen zu bleiben war ihr dann doch zu
blöd. So konnte sie erst mal in Ruhe schauen, ob auch
keiner ihrer Bekannten zufällig im Restaurant war.

Plötzlich fiel ihr ein, dass sie gar kein Zeichen verabredet hatten. Würde sie ihn erkennen? Ihr sonst so forscher Schritt war eher zögerlich. Sie betrat den Raum und setzte sich so, dass sie alles überblicken konnte.

Zehn Minuten, die ihr endlos erschienen, geschah nichts. Pärchen oder kleine Gruppen nahmen an reservierten Tischen Platz. Sie überlegte einen kurzen Moment, ob sie wieder gehen sollte, doch in dieser Sekunde trafen sich ihre Blicke. Er kam auf sie zu und begrüßte sie wie eine Vertraute. Das nahm ihrer Begegnung die Anfangsschwierigkeit, und dankbar plauderte sie drauf los.

Wenn sie geahnt hätte, wie viel Überwindung es ihn gekostet hatte, so locker aufzutreten. Er war ein guter Imitator. Leute, die ihm im Fernsehen gefielen, imitierte er vor dem Spiegel zu Hause nach. Aber das machte er nur für sich. Heute hatte er seinen ersten Liveauftritt. Er war zufrieden mit sich, strahlte sie an und lauschte ihrer Stimme. Genauso hatte er sie sich vorgestellt.

Melanie spürte: dieser Mann zog sie magisch an. Sie fühlte sich wohl in seiner Gesellschaft, er gefiel ihr. Er war einen Kopf größer als sie, muskulös. Mit wunderschönen Händen und einem leicht kantigen, intelligenten Gesicht. Wenn er nicht lächelte, hatte es etwas Melancholisches.

Als das Restaurant schloss, wussten sie alles voneinander. Er brachte sie zu ihrem Wagen und küsste zärtlich ihre Hand, nein, jeden einzelnen Finger. Das Kribbeln in ihrem Bauch wurde stärker. „Komm, ich fahr dich nach Hause", sagte sie schnell.

Er widersprach nicht, setzte sich neben sie und strich zärtlich über ihre Haare, ihre Wange, ihren Arm. Vor seinem Haus parkte sie und löschte das Licht. Sie wollte mehr, sie wollte alles. Sie suchte seinen Mund, und es wurde der längste Kuss ihres Lebens. Schweigend erforschten sie ihre Körper, und er glaubte, noch nie etwas Aufregenderes ertastet zu haben. Sie waren so erregt, dass sie beide Angst hatten, übereinander her zu fallen wie die Tiere.

Er löste sanft ihre Umarmung, rückte seine Hose zurecht und stieg aus. Sie folgte ihm. Im Treppenhaus trug er sie küssend die letzten Stufen hinauf.

Und dann ließen sie sich Zeit, unendlich viel Zeit. Als müssten sie alle vermissten Zärtlichkeiten der letzten Jahre nachholen. Es war ein Einklang der Körper und der Gefühle.

Stunden später lagen sie ineinander verschlungen, ein Knoten, den niemand mehr öffnen sollte. Sie lächelte.

„Was denkst du, Liebes?", fragte er.

Melanie überlegte einen Augenblick: „Ich denke, dass es sehr gut möglich wäre, nach allem, was du mir erzählt hast, dass wir uns schon früher hätten begegnen können, in Erfurt oder Dresden. Ob wir uns da auch gleich ineinander verliebt hätten?"

„Bestimmt", erwiderte er und drückte seinen kräftigen Körper an ihre üppigen Hüften. Seine Hände liebkosten ihren Rücken, ihren Hals und ihre Haare. Und seine Lippen lagen schon wieder sanft auf den ihren. Wozu über die Vergangenheit reden?

Aber ein wenig später grinste er breit: „Kannst du dich noch an den französischen Sänger Gérard erinnern?"

„Na klar. Butterfly wurde Anfang der Siebziger rauf und runter gespielt."

„Meine Kommilitonen nannten mich Gérard und nicht Gerhard, weil ich ihm angeblich ähnlich sah, Gitarre spielte und manchmal auch sang. Das war eine tolle Zeit. Ich würde zu gern wissen, was von damals in meinen Stasi-Akten steht, denn ich flog beinahe von der Hochschule."

„Woher kanntet ihr die Musik?"

„In Thüringen konnte man wunderbar Westfernsehen empfangen."

„Schade, dass wir uns nicht schon damals kennen gelernt haben. Dann hätten wir jetzt gemeinsame erwachsene Kinder."

Sie fuhr in dieser Nacht nicht nach Hause. Ihrem Mann hinterließ sie eine Nachricht auf dem Anrufbeantworter. Gegen morgen rief sie ihre beste Freundin an, die Hauptdarstellerin in ihrem Theater, und übertrug ihr bis auf weiteres die Leitung.

Sie blieb bei Gerhard. Sie schlossen sich ein. Sie hörten Musik und liebten sich wieder und wieder. Sie schlossen die Fenster und schrien ihre Lust heraus. Noch nie hatte sie sich so tief fallen lassen. Zum ersten Mal in ihrem Leben wusste sie, was Leidenschaft ist. Sie wollte nie mehr auftauchen aus diesem Meer der Gefühle.

Am Morgen des vierten Tages fuhr Melanie ihn zur Arbeit und versprach, am Abend wieder bei ihm zu sein. Dann fuhr sie nach Hause. Dort packte sie einen Koffer und bestellte sich ein Taxi zum Flughafen.

Sie fühlte sich befreit. Sie wusste nun, was alles möglich sein konnte. Die Erfahrungen der letzten Tage und Nächte hatten ihr gezeigt, dass es ihr nicht mehr reichen würde, sich für den Rest ihres Lebens mit Halbheiten zufrieden zu geben. Aber sie ahnte auch, dass ihre Empfindungen füreinander sich nicht für alle Zeit konservieren ließen.

Sie brauchte erst einmal Abstand und Ruhe. Sie wollte wieder einen klaren Kopf bekommen. Wollte sich sortieren. Einen solchen Überschwang der Gefühle hatte sie noch nie erlebt. Es war auf der einen Seite unfassbar schön, aber auf der anderen Seite machte es ihr Angst.

NORDSTRAND

In Hamburg mietete sie sich einen Wagen und fuhr damit Richtung Norden. Wie lange war sie nicht mehr in dieser Gegend gewesen. Als sie die ersten Schafe sah, ging ihr das Herz auf. Eine scharfe Brise wehte und zwang sie auf der Brücke über den Nord-Ostsee-Kanal den Fuß vom Gaspedal zu nehmen.

An die Growiane, große Windenergie-Anlagen, musste sie sich erst einmal gewöhnen. Im Rhein-Main-Gebiet waren sie noch selten. Hier oben standen sie zu mehreren, meist in kleinen Gruppen, zusammen. Immer noch besser als Kernkraftwerke, dachte sie.

Nach Heide zog sich die Strecke. Hier endete die Autobahn, und auf der Bundesstraße hatte sie wenig Möglichkeiten, gefahrlos Trecker und andere langsame Fahrzeuge zu überholen.

Als sie Husum erreichte, begann es zu dämmern. Sie aß eine Kleinigkeit und rief in einer Pension an, die ihr der

Kellner empfohlen hatte. Eine freundliche Stimme bestätigte ihr, dass die Ferienwohnung frei und sie herzlich willkommen sei.

Sie schlief zwölf Stunden am Stück. Auch als sie dann lange unter der Dusche stand, fühlte sie sich immer noch so müde. Sie dachte an Gerhard und spürte ihn noch immer in sich.

Mühsam zog sie sich an, kaufte das Nötigste ein, fuhr zum Deich, schaute, ob die Nordsee gerade da war oder nicht, und bereitete sich dann ein üppiges Frühstück zu. Auf ihrem Handy hatten ihr Mann und Gerhard schon mehrfach versucht, sie zu erreichen. Aber hier oben auf der Halbinsel war der Empfang so schlecht, da konnte sie nichts verstehen.

Nachdem sie sich gestärkt hatte, rief sie vom Festnetz zurück. Sie konnte nicht genau beurteilen, ob ihr Mann die Lüge von einem Burnout glaubte, aber er klang recht verständnisvoll und meinte am Ende sogar: „Ich habe dir schon lange gesagt, du musst kürzertreten, aber auf mich hörst du ja nicht."

Mit Gerhard wurde es ein sehr langes Gespräch. Er insistierte, wollte oder konnte ihr Verhalten nicht verstehen. Sie versuchte ihm ihre Gefühle zu erklären. Glaubte er ihr nicht? Sie merkte, dass er rasend eifersüchtig sein konnte. Kein Wunder. Wer so lieben konnte, der war auch nicht so Hirn gesteuert wie ihr Mann.

Mit dem Versprechen, dass er sie täglich anrufen dürfte, wann immer er wolle, gab er sich für den Moment zufrieden. Sobald sie seine Stimme gehört hatte, fieberte ihr ganzer Körper. Das war sie also, von der sie so oft gelesen, sie aber nie selbst erlebt hatte: die absolute, einmalige große Liebe, zumindest körperlich. Aber was würde sie mit ihr machen?

Zunächst war sie froh, ein wenig Zeit gewonnen zu haben. Sie konnte noch nicht beurteilen, wie sie weiterhin leben wollte. Noch war alles in ihrem Kopf ein großes Durcheinander.

Sie fuhr zum Strand.

WIND UND WELLEN

Jetzt am Nachmittag war sie da, die Nordsee. Mit aller Gewalt schlug sie gegen die Steine der Uferbefestigung. Immer höher rollten die Wellen heran und bald hatten sie den Weg am Wasser überspült. Die Gischt befeuchtete ihr Gesicht, und sie schmeckte das Salz auf ihren Lippen. Wie sehr hatte sie das vermisst. Sofort fiel ihr wieder ihr Lieblingsbuch ein: Salz auf unserer Haut von Benoîte Groult. Sie hatte es mehrfach gelesen und natürlich auch die Verfilmung gesehen.

Vor vielen Jahren war sie jährlich mindestens zweimal an der Nordsee gewesen. Ihr damaliger Freund besaß eine Wohnung in Westerland auf Sylt, und sie durfte auch ohne ihn dort sein. Seine Frau hasste den Norden, begleitete ihn nie dort hin. Selbst schuld, dass er sie betrog, dachte sie damals.

Sie gingen stundenlang am Strand spazieren, liefen im Watt und er erklärte ihr alles. Er zeigte ihr, wie man

Krabben puhlte und Katenschinken am besten mit einem Schluck Köm, heller oder gelber Aquavit, verdaute. In List aßen sie einmal so viele Miesmuscheln, dass er am nächsten Tag einen Gichtanfall erlitt. Sein rechter Zeh wurde knallrot, schwoll an und tat tierisch weh. Danach musste er sich bei Schalentieren zurückhalten.

Was wohl aus ihm geworden war? Irgendwann war dann doch seine Frau dahintergekommen, hatte mit Scheidung gedroht, und da aus steuerlichen Gründen fast alle Firmen auf sie liefen, wäre das sein Ruin gewesen. Sie trennten sich. Es war keine echte Liebe gewesen, sondern Zuneigung, Respekt und eine gehörige Portion Berechnung. Aber damals war sie blutjung und verzieh sich das. Dann kam der Absturz mit dem ersten Ehemann. Wie lange hatte sie dem Treiben zugeschaut und erst in letzter Sekunde die Reißleine gezogen. Bis dahin hatte sie gehofft, ihn zur Vernunft bringen zu können. Aber einmal Spieler, immer Spieler. Und so lange der Betroffene nicht selbst bereit ist, etwas zu ändern, hat man auch als nächste Angehörige keine Chance.

Aber auch das lag lange hinter ihr und ihr jetziger Mann hatte ihr gezeigt, wie normal und vernünftig man zusammenleben konnte. Aber wo blieb die Romantik, die Lust? Sie hatte sich auf eine Bank auf dem Deich gesetzt und schaute aufs Wasser hinunter. Nie war die Nordsee gleich. Das faszinierte sie immer wieder. Einen Moment lang hatte sie mit dem Gedanken gespielt, einfach hinein zu laufen, ins Wasser, sich forttreiben zu lassen und unterzugehen. Sie hatte das unbändige Gefühl, in dieses

Meer zu gehören. War ich vielleicht mal als Fisch gedacht?, schmunzelte sie in sich hinein. Sie konnte nicht begreifen, dass vielen Menschen das Meer Angst machte. Und auch auf einem Boot konnte kein noch so starker Wind, wie sie ihn schon einige Male erlebt hatte, sie seekrank machen.

Ihr fiel die Überfahrt von St. Malo nach Guernsey ein. Wie lange mochte das her sein? Mehr als zwanzig Jahre. Verdammt, wie schnell die Zeit verging. Damals durfte sie wegen ihrer guten Französisch-Kenntnisse mit einer kleinen Crew für eine Dokumentation als Interviewerin mitreisen. Es ging um Dolmen und Menhire und deren Bedeutung. Sie waren von Carnac, im Süden der Bretagne, gestartet.

Vor kurzem hatte sie zufällig gelesen, dass es von Frankreich eine Karte mit den Einzeichnungen der Megalithen gibt. Sie ziehen sich von Korsika durch den gesamten Süden und Südwesten Frankreichs.

Damals interviewten sie Bauern und Wissenschaftler, es war hochinteressant gewesen.

Die Kanalinseln gefielen ihr sehr gut. In der Schule hatte sie gelernt, dass Victor Hugo angeblich gesagt hatte: Die Kanalinseln sind ins Meer gestürzte Stücke Frankreichs, die England aufgesammelt hat, und von beiden Ländern vereinen sie das Beste.

Die Crew hatte ein Boot samt Fischer gechartert. Er hatte sie gewarnt, dass es sehr stürmisch werden könnte. Doch sie hatten keine Wahl, die Zeit drängte. Die Männer machten den Fehler, Alkohol zu trinken und unter Deck zu sitzen. Einem nach dem anderen wurde speiübel. Sie hingegen hatte sich ihren Lamaponcho übergezogen und sich an Deck in eine Ecke gekuschelt. Sie gab sich den Wellenbewegungen hin und genoss die Überfahrt.

Jetzt grasten friedlich Schafe mit ihren Lämmern um ihre Füße. Bereits bei den Jungtieren konnte man Charakterunterschiede feststellen. Die einen friedlich und gemächlich, die anderen wild und zu Schabernack bereit.

Ihr Handy klingelte. Es war Gerhard. Erstaunlicherweise hatte sie Empfang.

„Was machst du?"

„Ich sitze auf dem Deich und schaue aufs Meer. Es ist Flut."

„Denkst du an mich?"

„Natürlich", sagte sie ehrlich und fühlte schon wieder ein Kribbeln.

„Wann kommst du zurück?"

„Bitte gib mir noch etwas Zeit."

„Ich versuche es. Aber ich vermisse dich."

„Ich dich auch."

Sie verstand nicht, dass er als Techniker so sinnlich sein konnte. Er hatte seine Rituale, Ansichten und Meinungen, seine Sinnlichkeit schien irgendwie nicht dazu zu passen.

Im letzten Moment hatte sie gemerkt, dass ihr Körper völlig die Oberhand gewonnen hatte und ihr Geist wie ausgeschaltet war. Das machte ihr Angst. Was würde bleiben, wenn der Rausch vorüber war? Konnte man diese Liebe in den Alltag retten? Welchen Stellenwert hätte dann ihre Arbeit? Bestünde nicht Gefahr, dass sie ihr ganzes bisheriges Leben hintanstellte?

Jetzt war das Wasser fast schwarz. Sie hatte gar nicht bemerkt, wie der Wind immer stärker geworden war und dunkle Wolken vor sich hertrieb. So schnell sie konnte, lief sie zu ihrer kleinen Wohnung, aber auf den letzten Metern wurde sie doch noch nass. Sie fröstelte.

Schnell unter die warme Dusche und dann ein heißer Tee, dachte sie. Entgegen ihrer Gewohnheit genehmigte sie sich einen gehörigen Schluck Köm in den Tee. Sie hatte ihn in der Küche gefunden, zusammen mit diversen Lebensmitteln, die andere Feriengäste vor ihr in der Wohnung gelassen hatten.

Auch in dieser Nacht schlief sie lange und gut. Sie gönnte sich einen weiteren Tag der Ruhe, obwohl das schlechte Gewissen langsam in ihr hochkroch. Ihre Auftraggeber waren verständnisvoll, die Theaterproben liefen reibungslos. Plötzlich wurde ihr bewusst, dass sie vor allem deshalb so viel arbeitete, weil sie im Grunde nur sich selbst vertraute und alles unter Kontrolle haben wollte. Mit Gerhard hatte sie nichts mehr unter Kontrolle.

Wie schön war dieses Gefühl, so bedingungslos begehrt zu werden, so ganz und gar zu verschmelzen, sich hinzugeben. Nicht nur einen Liebesakt zu vollziehen, der zwar auch befriedigend sein konnte, aber in nichts diesem Strudel der Lust und Wonne glich.

Was waren das für Gedanken, die in ihr aufstiegen? Alles aufgeben, sich einem Mann unterordnen? Sie hatte immer gern gekocht und auch kein Problem damit gehabt, die Hausarbeit selbst zu erledigen, weil sie ohnehin dachte, es besser als andere zu können. So lange die Kinder im Haus waren, hatte sie Unterstützung gehabt, aber jetzt wollte sie zu Hause ihre Ruhe haben. Und ihr Mann war sehr ordentlich, trug den Müll hinaus und liebte es, Staub zu saugen.

Wenn sie nur wüsste, was ihr Mann ahnte, wusste, glaubte? Er hatte ihr keinerlei Vorwürfe gemacht, sondern äußerst verständnisvoll reagiert.

Erst nachdem sie sich acht Jahre kannten, hatten sie geheiratet, und auch nur deshalb, weil er schwer erkrankte und meinte: „Wenn mir etwas passiert, möchte ich, dass du versorgt bist."

Sie fühlte sich schlecht, wenn sie an ihren Mann dachte. Ob auch er sie betrog oder schon betrogen hatte? War er mit ihrem gemeinsamen Leben zufrieden?

Gespräche, wie die, die sie mit Gerhard geführt hatte, hatte sie mit ihrem Mann nie geführt.

Sie gönnte sich eine köstliche Seezunge mit zerlassener Butter und zum Nachtisch eine große Portion Rote Grütze mit flüssiger Sahne. Sie genoss jeden Bissen und musste auch dabei wieder an ihre Sylt-Besuche denken und wie sehr diese Aufenthalte sie beeindruckt hatten.

Dann packte sie und fuhr zurück nach Hamburg, denn sie hatte dort einem Studio einen Job zugesagt.

Gegen Abend rief sie bei der Autovermietung an. Man

bestätigte ihr, dass sie auch in Frankfurt den Wagen zu-
rückgeben könnte. Sie trank noch einen Kaffee mit den
Kollegen und fuhr dann los in die Nacht hinein.

DIE ENTSCHEIDUNG

In Altona kam sie nur stockend voran, aber sobald sie durch den Elbtunnel hindurch war, lief der Verkehr geschmeidig ohne Stocken. Noch bevor sie auf die A7 wechselte, hielt sie an einer Raststätte, tankte, kaufte ein Fischbrötchen und eine Flasche Cola.

Sie ließ die Fenster herunter und atmete die frische Luft. Das Brötchen war knuspriger als vermutet, und die Cola vertrieb die letzten Anzeichen von Müdigkeit. Dann suchte sie im Radio einen Sender, der Oldies spielte, und fuhr laut mitsingend weiter.

Nach Mitternacht kam sie zu Hause an. Ihr Mann war erst kurz zuvor von einer Veranstaltung heimgekehrt.

„Wie geht es dir?" Beinah behutsam nahm er sie in den Arm und drückte ihr vorsichtig einen Kuss auf die Wange.

„Besser, aber ich bin noch nicht über den Berg", sagte sie, sich die Schuhe abstreifend.

„Es war unvernünftig, so spät noch zu fahren, in deinem Zustand."

„Aber ich bin ja gut angekommen", antwortete sie trotzig. Wortlos ging er ins Bad und sie hörte, wie er Zähne putzte und sich wusch.

Sie war nicht müde. Sie wählte die Nummer ihres Sohnes, der gerade ein Jahr in Amerika verbrachte. Bei ihm war jetzt früher Abend.

„Was ist los, Mutz?", fragte er besorgt, nachdem sie sich nur mit „Hallo" gemeldet hatte. Sie waren so vertraut miteinander, dass er immer sofort spürte, wenn irgendetwas mit ihr nicht stimmte.

In kurzen, teilweise zusammenhanglosen Sätzen erzählte sie ihm, was passiert war.

Nach einer Pause meinte er: „Aber das ist doch wunderbar, dass du das erlebt hast. Viele Frauen würden dich darum beneiden. Was wirst du jetzt tun?"

„Aber das ist es ja gerade, ich weiß es nicht. Ich habe Angst vor dieser Liebe, aber bei Dietmar möchte ich auch nicht bleiben."

„Ich habe dir schon immer gesagt, du kommst auch allein zurecht. Du brauchst ihn nicht, ihr seid zu verschieden."

„Aber er war immer gut zu uns und hat mich nie enttäuscht."

„Das hast du auch nicht, nur jetzt weißt du, wie Liebe sich anfühlt."

„Geht es dir gut, mein Schatz? Entschuldige, dass ich nur von mir rede und gar nicht frage, wie es dir geht."

„Mir geht es fabelhaft. Ich lerne hier unheimlich viel. Es ist wahnsinnig interessant, aber ich komme in zwei Monaten wie geplant zurück. Für immer möchte ich hier nicht bleiben."

„Ok, ich schreibe dir eine Mail, wie ich mich entschieden habe. Auf jeden Fall erst mal danke, dass du mir zugehört hast."

Nachdem sie aufgelegt hatte, wurde ihr plötzlich bewusst, dass sie dieses Kind, das längst kein Kind mehr war, mehr liebte, als alles andere und jeden Mann. Welche Ängste hatte sie ausgestanden während der Schwangerschaft. Es hieß immer, sie könne keine Kinder bekommen, und als sie dann doch schwanger war, hatte sie natürlich Angst, ihm könne irgendetwas fehlen.

Aber er kam gesund auf die Welt und war für sie das größte Wunder ihres Lebens. Ihr einziger Wermutstropfen: Sie wusste da bereits, dass ihre Ehe nicht lange halten würde. Sie befürchtete, die schlechte Angewohnheiten ihres Mannes hätten sich auf ihr Kind übertragen, aber dafür gab es keinerlei Anzeichen. Stattdessen bemerkte sie viele Übereinstimmungen mit sich.

Als er noch ganz klein war, fotografierte sie ihn fast täglich. Einmal kam sie auf die Idee, ihn in Einzelheiten abzulichten. Augen, Nase, Kinn, Mund, Finger. Dasselbe tat sie dann von sich, und siehe da: die Ähnlichkeit war verblüffend. Sie war glücklich.

Jetzt fragte sie sich, wie es wohl wäre, von einem Mann wie Gerhard ein Kind zu haben. Es müsste doch himmlisch sein, ein Kind aus der puren Wollust heraus zu zeugen. Aber sie wusste ja, dass es dafür nun tatsächlich zu spät war. Und als ob das Alter anklopfte, spürte sie in diesem Moment ihre Herzrhythmusstörungen.

Wie hatte ihr schwaches Herz überhaupt die Turbulenzen der letzten Tage verkraftet? Sie griff nach dem Blutdruckmessgerät, doch alles war im grünen Bereich. Dabei betete ihr Kardiologe immer wieder wie ein Mantra vor: so wenig Aufregung wie möglich, so viel Schlaf wie nötig, keinen Alkohol, keine zu fetten Speisen, alles wohl dosiert.

All das hatte sie in den Wind geschlagen, und es ging ihr körperlich gut, nur ihr Kopf spielte nicht mit. Sie fühlte den unbändigen Drang, dieses Haus und ihren Mann hinter sich zu lassen.

Als hätte das Schicksal Mitleid, ploppte in dem Moment eine Mail auf, die sie nie erwartet hätte. Eine Reederei, die sie schon mehrfach angefragt hatte für Lesungen auf einer Kreuzfahrt, brauchte kurzfristig Ersatz für eine erkrankte Kollegin.

Schlafen die denn nie, dachte sie, als sie um zwei Uhr nachts in Rostock anrief. Die Dame am anderen Ende der Leitung war überglücklich, dass sie sofort zusagte.

Es gab eine heiße Diskussion mit ihrem Mann, aber am nächsten Tag packte sie wieder ihren Koffer, suchte die Bücher zusammen, die sie benötigte, und fuhr mit dem Nachtzug nach Civitavecchia nordwestlich von Rom. Sie versuchte, während der langen Fahrt sich auf ihre Lesungen vorzubereiten, aber viel zu viel ging ihr im Kopf herum. Irgendwann schlief sie ein.

Sie staunte, nachdem das Taxi sie im Hafen abgesetzt hatte. Ein so großes Schiff hatte sie noch nie zuvor gesehen. Ihre Kabine war klein und fensterlos, aber sie bereute ihre Entscheidung nicht.

DAS SCHIFF

Sie entwickelte einen unbändigen Appetit. Die köstlichen Büffets waren zu verführerisch. Tagsüber hatte sie genügend Zeit, sich auf den Abend vorzubereiten, und die Gäste waren durchweg zauberhaft. Jetzt ahnte sie, weshalb ihrer Freundin diese Arbeit so viel Spaß machte. Nur der Kontakt nach Deutschland war schwierig, sowohl per Telefon und erst recht per Mail.

Gerhard war enttäuscht und verletzt. Er verstand ihre Reaktion nicht. Sie schrieb ihm einen langen Brief, in dem sie versuchte zu erklären, was sie zu diesem Schritt bewogen hatte und weshalb sie nicht zu ihm zurückgekehrt war. In Heraklion auf Kreta gab sie ihn auf und hoffte, er möge vor ihrer Rückkehr in Frankfurt zugestellt sein.

Schnell hatte sie sich mit ein paar interessanten Leuten angefreundet und unternahm mit ihnen auf eigene Faust Landausflüge. Die angebotenen Pauschalausflüge erschienen ihnen überteuert und auch nicht individuell genug.

Es kam, wie es kommen musste. Zwei Mal verschätzten sie sich mit dem Rückweg und erreichten noch in letzter Sekunde das Schiff. Es hatte bereits mehrfach bedrohlich getutet, dazu gab es einen bösen Anpfiff vom diensthabenden Steward.

Nach den Lesungen ging sie in die Bar, genehmigte sich ein Glas Wein und tanzte ausgelassen. Der DJ des Schiffes stand absolut auf die Musik der sechziger Jahre. Mikis Theodorakis, den sie schon immer verehrt hatte, wurde jeden Abend gespielt. Besonders die berühmte Filmmusik aus Alexis Sorbas, sie erinnerte sich gut an die Verfilmung mit Anthony Quinn in der Hauptrolle, hatten es ihr angetan. Sie lernte Sirtaki. Der langsame rhythmische Beginn und dann der immer schneller werdende Takt hatten etwas enorm Sinnliches. Sie verausgabte sich völlig, schlief aber danach ganz wunderbar.

Als die Woche herum war, wurden unzählige Visitenkarten ausgetauscht und man versprach, zu schreiben und sich bei irgendeiner nächsten Reise wieder zu sehen. Was natürlich nie geschah.

Leicht gebräunt und voller Tatendrang kehrte sie zurück. Jetzt hatte sie die Kraft, gefasst mit Dietmar zu reden. Gerhard erwähnte sie in diesem Gespräch nicht, nur dass sie für sich festgestellt habe, dass sie sich zunächst einmal räumlich trennen müssten. Er würde sie zu sehr einengen, sie hätten einen zu unterschiedlichen Tagesrhythmus und ihre Interessen seien zu verschieden. Sie hätte keine Lust mehr auf seine parteipolitischen Diskussionen, und er hätte an ihrer Arbeit sowieso noch nie großen Anteil genommen.

Dietmar hörte sich das alles sehr ruhig an, meinte dann, dass sich das ja schon seit einer Weile abgezeichnet hätte, und überraschte sie schließlich damit, dass er sich eine Wohnung in der Stadtmitte nehmen würde, damit er alles fußläufig erreichen könnte und nicht mehr auf den Dienstwagen angewiesen sei. Wenn ihr das Haus zu groß würde, könnte man immer noch entscheiden, was damit geschehen sollte. Aber so hätten die Kinder immer noch ihre Zimmer, wenn sie mal in Frankfurt wären, und er könnte sie ja auch gelegentlich besuchen. „Oder möchtest du mich gar nicht mehr sehen?"

Sie war von seinem Plan völlig überrumpelte. „Doch, doch, natürlich, du kannst kommen, wann immer du willst", antwortete sie schnell und ohne weiter nachzudenken.

Bereits in der nächsten Woche hatte er eine Wohnung gefunden, sehr schön geschnitten, zwei Zimmer, Küche, Bad, Balkon. Sie überlegten gemeinsam, was von ihren vielen Möbeln dort gut hineinpassen würde.

Er kaufte sich lediglich ein neues Bett, und mit Hilfe einiger Freunde und eines Transporters war sie plötzlich allein im Haus. Sie putzte ausgiebig, stellte Möbel um und freute sich, dass es insgesamt luftiger und großzügiger geworden war.

Einige ihrer gemeinsamen Freunde reagierten pikiert und hielten Abstand, andere beglückwünschten sie und meinten, diese Entscheidung sei längst überfällig gewesen.

Bei Gerhard hatte sie sich noch nicht gemeldet und auch nichts von ihm gehört. An einem Samstag war sie mit einer Freundin auf dem Wochenmarkt verabredet. Fröhlich saßen sie bei Wurstbrot und Apfelwein, als ihre Freundin sie in die Rippen stieß und zischte: „Schau mal da drüben!"

Sie traute ihren Augen nicht. Ein paar Bänke weiter saß ihr Mann sichtlich vergnügt mit einer Brünetten und unterhielt sich angeregt.

„Ich glaube, die ist im selben Ausschuss wie er", raunte ihre Freundin jetzt weiter.

Sie wollte es nicht wahrhaben, doch es versetzte ihr einen Stich.

Bei passender Gelegenheit sprach sie Dietmar darauf an. Er leugnete nicht. „Wir kennen uns schon sehr lange. Wir sind im selben Ausschuss."

Es kam ihr mehr als schäbig vor, aber sie wollte es genau wissen. Als er auf der Toilette war, checkte sie sein Handy. Die letzten Nachrichten kamen fast alle von einer Monika, und sie waren eindeutig.

So beschäftigt war sie also die letzte Zeit gewesen, dass sie nichts gemerkt hatte? Warum hatte sie es ihm grundsätzlich nicht zugetraut? Politiker sind doch immer wieder für Frauen reizvoll, genauso wie andere Männer, die in der Öffentlichkeit stehen.

Sie konnte nicht mehr gut schlafen, sah die beiden vor sich, träumte von ihnen. Bei einem nächsten nicht gerade harmonischen Zusammentreffen schmiss sie ihm an den Kopf, sie wüsste, dass er sie betrüge. „Was habe ich falsch gemacht und was macht diese Frau so begehrenswert für dich?"

„Du hast gar nichts falsch gemacht, Kleines." Sie hasste es, wenn er sie Kleines nannte. „Es hat sich einfach so ergeben."

„Sollen wir uns scheiden lassen, möchtest du das?"

„Nein, ich liebe dich, das weißt du doch."

GERHARD

„Kann ich zu dir kommen?" Fast atemlos rief sie ihn an.

„Melanie, du bist wieder zurück? Natürlich, ich freu mich!"

Gerhard hatte wohl ihre Atemlosigkeit fälschlicherweise als Erregung gedeutet.

Sie fuhr viel zu schnell zu ihm. Zu spät hatte sie bemerkt, dass sie eine rote Ampel überfahren hatte. Da hatte es schon geblitzt.

„Scheiße, Scheiße, Scheiße," rief sie laut in die Nacht. Sie hasste sich.

Wieso hatte sie die Sache mit dieser Monika so getroffen? Sie glaubte doch, Dietmar nicht mehr zu lieben. Warum dann dieser Aufruhr in ihrem Herzen?

Als Gerhard sie in die Arme nahm, hatte sie sich wieder halbwegs im Griff. „Hast du meinen Brief bekommen?"

„Nein, welchen Brief?"

„Ich habe dir einen langen Brief von unterwegs geschrieben mit all meinen Seelennöten, die ich in deiner Gegenwart gar nicht aussprechen kann."

„Versuch es, Liebling. Du weißt, du kannst mir alles sagen."

Sprach´s, hob sie auf und trug sie zum Bett.

„Ich liebe dich, aber ich brauche noch etwas Zeit. Ich kann nicht gleich mit dir zusammenleben, ich möchte erst mal eine Weile allein leben. Mein Mann ist übrigens ausgezogen."

„Das verstehe ich. Wir machen alles so, wie du es möchtest."

Und während er das sagte, hatte er sie schon halb ausgezogen. Und im selben Moment wusste sie, dass es ganz und gar nicht nach ihr gehen würde, sondern nur nach ihrer beiden Lust.

Diesmal dauerte der Rausch keine vier Tage. Sie schlich sich am anderen Morgen aus dem Haus, ohne ihn zu wecken. Ein paar Stunden später kam sein vorwurfsvoller Anruf. „Warum bist du einfach weggegangen?"

„Ich muss arbeiten und wollte dich nicht wecken."

„Wann sehen wir uns?"

„Ich weiß noch nicht. Lass uns heute Abend telefonieren."

Gerhard nahm sich nur wenige Tage zusammen, dann wurde er immer aufdringlicher. Er stand abends vor ihrem Haus und wartete. Sie konnte sich ihm nicht entziehen. Er verstand nicht oder wollte nicht verstehen, dass sie jetzt, wo sie in seinen Augen frei war, nicht jede Minute mit ihm verbringen wollte.

„Ich hatte dich gebeten, mir etwas Zeit zu lassen."

„Wozu? Wir lieben uns. Es ist doch ganz normal, dass man dann jede freie Minute zusammen sein möchte."

„Du erdrückst mich mit deiner Liebe", brach es aus ihr hervor.

„Alles oder nichts. Das war immer meine Devise. Das habe ich dir auch in der ersten Nacht gesagt."

„Ich kann nicht. Ich liebe meine Arbeit. Ich brauche auch Zeit für mich."

„Das verstehe ich nicht. Was ist nur passiert?"

Traurig nahm er seine Jacke. „Ruf mich an, wenn du dich für mich entschieden hast. Dieses Ab und Zu ertrage ich nicht. Ich will dich bei mir haben, jede Nacht!"

Er ging, ohne die Tür hinter sich zu schließen. Einen Moment lang überlegte sie, ob sie ihm nachlaufen und ihn zurückholen sollte. Aber sie ließ es.

Sie weinte. Sie konnte nicht arbeiten. „Die Stimme ist ein Spiegelbild der Seele", hatte ihre Sprechtechniklehrerin vor Jahrzehnten zu ihr gesagt, und jetzt spürte sie zum ersten Mal, wie wahr dieser Spruch war.

Ein paar Tage später erhielt sie eine Mail. Darin schrieb Gerhard, dass er ein lukratives Angebot hätte. In München. Ob sie mitkäme?

MELANIE

Sie machte eine Liste. Irgendwo hatte sie gelesen, dass man, wenn man gar nicht mehr weiterwüsste, eine Liste machen sollte mit allen Für und Wider. Es war interessant, was ihr alles einfiel, aber am Ende war sie ziemlich ausgeglichen zwischen Pro und Kontra und keine wirkliche Entscheidungshilfe.

Gerade hatte sie den Auftrag angenommen, für eine große Wochenzeitung ausgewählte Artikel einzusprechen, die sich die Abonnenten dann anhören konnten. Eine sehr anspruchsvolle Aufgabe. Die Artikel waren stets von Fachleuten geschrieben, sehr ausführlich, ins Detail gehend. Schon nach den ersten Ausgaben war klar, dass dieses neue Angebot sehr gut ankam. Melanie musste fortan dem produzierenden Studio wöchentlich zur Verfügung stehen.

Sie ging natürlich nicht mit nach München. In München hatte sie zwar während des Studiums eine wunderbare

Zeit verbracht, aber die Bayern lagen ihr irgendwie nicht. Sie stürzte sich ganz in die Arbeit. Hin und wieder nahm sie eine Einladung von Kollegen an und ging mal mit ins Kino, zum Essen oder ins Theater. Aber im Grunde führte sie ein einsames Leben.

Dazu kamen einige gesundheitliche Probleme, deren Schwere sie verdrängte. Nach einem selbstverschuldeten Autounfall, sie war unter einen LKW gerutscht und hatte sich dabei beide Knie schwer verletzt, hätte sie sich operieren lassen oder zumindest eine Reha absolvieren müssen. Nichts dergleichen tat sie und schob ihre Arbeit vor. Damals vermochte sie nicht zu überblicken, welche Spätfolgen dies und ein noch länger zurückliegender Herzinfarkt haben würden.

Sie liebte sich nicht, sie achtete nicht auf sich. Sie arbeitete dickköpfig vor sich hin, bis sie hin und wieder völlig zusammenbrach. Aber dann beschwor sie ihren Hausarzt, ihr starke Medikamente zu verschreiben, die sie bald wieder auf die Beine brachten. Sie spielte starke Frau, obwohl sie oft abends völlig erschöpft zusammenklappte.

Der berufliche Erfolg blieb nicht aus, aber sie war nicht glücklich. Sie glaubte inzwischen auch, nicht wahrhaftig lieben zu können, denn sie hatte zwar haufenweise Verehrer und mit vielen ein kurzes Verhältnis, aber sie ließ niemanden wirklich an sich heran.

Dietmar liebte Melanie auf seine Weise, so viel stand fest. Je länger sie getrennt lebten, desto größer wurde seine Sehnsucht nach ihr. Klar, die eine oder andere Geliebte hatte Eigenschaften, die ihn zunächst reizten, aber nach ein paar Treffen kamen meist ähnliche Strukturen zutage, wie er sie an allen Frauen beobachtete: Sie wollten mehr Aufmerksamkeit, ihn öfter sehen, hatten zum Teil noch einen Kinderwunsch, wollten geheiratet und versorgt werden. Also alles Dinge, die er längst hinter sich hatte und die er nicht mehr wollte. Er brauchte berufliche Anerkennung und eine Frau, die dann da war, wenn es ihm zeitlich und hormonell passte. Er war kein Familienmensch, er war egoistisch. Das konnte er selbst an sich gut analysieren, und er war nicht bereit, sich zu ändern.

Er stellte immer mehr fest, dass Melanie im Grunde perfekt zu ihm passte, denn sie liebte ihren Beruf und verlangte nicht zu viel Zeit und Aufmerksamkeit. Er begann, um sie zu kämpfen. Er wusste, er musste es klug anstellen. Er begann sich für ihre Arbeit zu interessieren und wie zufällig tauchte er hier und da auf, wo sie auch war. Er unterhielt sich mit ihren Kollegen, erfuhr viel für ihn Neues.

Irgendwann hatte er sie so weit, dass sie sich fast regelmäßig mittags zum Essen trafen. Er sprach nie mehr abfällig über ihre Arbeit oder ihre Kollegen, sondern bemühte sich jetzt um Gespräche auf Augenhöhe.

Melanie blieb skeptisch, aber es schmeichelte ihr, dass er so ernsthaft um sie bemüht war. Sie feierten Weihnachten zusammen mit den Kindern, und es fühlte sich gut an. Immer öfter brachte er ihr jetzt ein Geschenk von einer Reise mit, und so kam sie zu vielen schönen Erinnerungsstücken.

Zum Hochzeitstag im November schenkte er ihr eine Traumreise: von Paris nach Mauritius und von dort mit einem Kreuzfahrtschiff bis zu den Seychellen.

Leider wurde die Reise ein Flopp. Zunächst flog Melanie mit fast 40 Grad Fieber los, entgegen des Ratschlags ihres Arztes, und dann erwischten sie auf den Seychellen eine Schlechtwetterfront. Es regnete tagelang und die über 30 Grad im Schatten erzeugten eine mehr als unangenehme Schwüle.

Freunden erzählten sie später gern: Das Paradies ist nirgendwo. Glaubt keinen Reiseprospekten, die euch Bilderbuchstrände vorgaukeln. Wenn das Wetter nicht mitspielt, ist das alles nichts.

Aber ein Gutes hatte es: sie waren sich wieder nähergekommen.

NEUANFANG

Melanie war sehr damit einverstanden, dass Dietmar seine Stadtwohnung zunächst weiter beibehielt. Die Ehe auf Zuruf, wie sie es nannten, denn sie verabredeten sich stets, war ihr nur recht, so musste sie nicht Ehefrau spielen, und die Hausarbeit, und alles was damit zusammenhing, blieb auch überschaubar.

Sie stellte immer mehr fest, dass sie zwar, wenn sie Lust hatte, durchaus kreativ kochen und backen konnte, aber das nicht ständig tun wollte. Dafür liebte sie ihre Arbeit zu sehr. Sie war ihr wichtiger.

Wenn es ihnen beiden möglich war, machten sie gemeinsame Kurzurlaube. Dietmar zeigte ihr viele schöne Gegenden in Deutschland, die sie meistens per Fahrrad erkundeten. So kamen mit der Zeit herrliche Erinnerungen zusammen. Ihr Fundament für ihre neu erblühte Liebe.

Nach einem besonders schönen verlängerten Wochenende, sie waren bei strahlendem Wetter in der Eifel unterwegs gewesen und hatten sich mehrfach in der Natur geliebt, was Melanie besonders mochte, hatte er sein Jackett bei ihr hängen lassen. Automatisch griff sie in die Innentasche und fand eine Restaurantrechnung, die auf der Rückseite bemalt war. Der Text und die Zeichnung waren eindeutig, drum herum viele Herzchen.

Ihr wurde übel. Er konnte es also nicht lassen. Sie hob die Rechnung auf und zögerte lange, ob sie ihn darauf ansprechen sollte.

Bei einem Theaterbesuch stritten sie sich in der Pause über die Spielleistung eines Mitwirkenden. Er meinte mehr im Spaß, ob sie denn etwas mit dem Kollegen hätte, weil sie ihn so vehement verteidige.

„Nein, seitdem wir wieder zusammen sind, habe ich mit niemandem etwas, im Gegensatz zu dir!"

Es wurde ein sehr hässlicher Abend, denn sie warf ihm jetzt alles an den Kopf, was ihr an ihm nicht gefiel, und vor allem den Beweis für sein Fremdgehen.

„Immer dasselbe mit dir, Melanie. Wie lange hast du den Zettel mit dir herumgetragen? Warum sagst du nicht sofort, wenn dir etwas nicht passt? Warum spielst du mir immer wieder eitel Freude vor, bis es zum Eklat kommt, und du mir pauschal alle meine schlechten Eigenschaften vorhältst?"

„Weil ich grundsätzlich an das Gute im Menschen glaube und wirklich gehofft hatte, du hättest dich geändert."

„Es tut mir leid, ich kann nicht anders. Ich bemühe mich wirklich und liebe dich und möchte nur mit dir alt werden, aber manchmal mache ich Dummheiten. Das hat nichts mit dir zu tun. Es kommt dann einfach über mich."

Sie wusste jetzt ganz genau, dass sie Dietmar liebte, weil sie immer noch schrecklich unter seinen Eskapaden litt. Es war ihr ganz und gar nicht egal, was er tat.

Sie zermarterte sich das Gehirn, weil sie keine Lösung wusste. Ihr Verstand sagte ihr, dass sie wahrscheinlich niemals in Frieden mit ihm glücklich werden könnte, aber gleichzeitig war ihr Herz so voller Zuneigung, dass sie ihm nicht auf Dauer böse sein konnte. Sie verglich ihn immer wieder mit den vielen anderen Männern, die sie kannte, und da schnitt er in vielerlei Hinsicht einfach besser ab.

Oder war es nur Gewohnheit? Hatte sie sich in all den Jahren so sehr an ihn gewöhnt, dass ihre Neugier auf Neues erloschen war? Sie bemerkte, dass sie die Jahre ihres beruflichen Aufstiegs so viel Kraft gekostet hatten, dass die Neugier auf vieles andere stark abgenommen hatte.

Sie liebte es jetzt abends nicht mehr, so oft auszugehen, sondern sich mit einer Tasse Tee oder einem Glas Rotwein in ihren Lieblingssessel zurückzuziehen und zu lesen.

Sie litt ein wenig darunter, dass sie mit ihren Freundinnen nicht offen über Dietmar und sich sprechen konnte. Sie hatte Angst, wollte sich ihre Schwäche nicht eingestehen, wollte ihn nicht an den Pranger stellen.

Sie blieben zusammen. Sie bestand darauf, dass er seine Wohnung behielt, obwohl er das nicht wollte. Sie sagte: „Auf keinen Fall möchte ich, dass du mir eines Tages vorwirfst, du hättest nur mir zuliebe deine Wohnung aufgegeben, und rennst dann hier herum wie ein Tiger im Käfig. Tu was du möchtest, ich brauche auch ab und an meine Freiräume."

Manches Paar in ihrem Bekanntenkreis beneidete sie, denn kaum eine Ehe war immer glücklich. Aus finanziellen Gründen blieben viele oftmals bis zur bitteren Neige zusammen und machten sich gerade in den letzten Lebensjahren das Leben zur Hölle.

Nein, dazu hatte sie wirklich keine Lust. Manchmal fragte sie sich, ob sie sich gar nur deshalb stritten, weil jedes Mal die Versöhnung so schön war?

Nein, das konnte es nicht allein sein. Sie litt nach wie vor und war immer wieder enttäuscht, wenn sie glaubte, etwas entdeckt zu haben. Sie kam gegen dieses Misstrauen und die Eifersucht nicht an. Aber ebenso wenig konnte sie ihn verlassen. Er gehörte einfach zu ihrem Leben. Er war ihr Schicksal.

Und dann kam der Anruf. Sie hatten schon ab und zu Kontakt gehabt. Gerhard hatte sich oft gemeldet, wenn er beruflich in Frankfurt war, aber sie hatten sich nie mehr gesehen. Sie wusste auch von einer Frau an seiner Seite und einem schönen Haus in München.

Doch dieser Anruf war anders. Er berührte sie irgendwie. Ihre Neugier war wiedererwacht. Sie verabredeten sich in dem Restaurant, in dem sie sich schon das erste Mal getroffen hatten.

Ihr Herz schlug laut, als sie das Restaurant gemeinsam verließen. Was wollte es ihr sagen?

„Alles hat seine Zeit, Liebster. Du bist der Mann, der immer in meinen Träumen bleiben wird." Sie küsste ihn lange, dann fuhr sie davon.

Die meisten Frauen wählen ihr Nachthemd
mit mehr Verstand als ihren Mann.

Coco Chanel

SIE

IN DER BAHN

Sie war so lange nicht mehr mit der Bahn gefahren. Die Hektik verschlug ihr fast den Atem. Einigen Gesprächsfetzen entnahm sie, dass in manchen Bundesländern die Osterferien bereits begonnen hatten. Wenn man keine schulpflichtigen Kinder mehr um sich hatte, achtete man kaum noch auf diese Termine.

Sie wünschte sich, ihr Koffer wäre nicht so schwer. Da eine der Rollen defekt war, eierte er schwermütig hinter ihr her und gab quietschende Geräusche von sich. Das war ihr peinlich, aber niemand schien es zu bemerken.

Die Hektik rührte eindeutig von den Lautsprecherdurchsagen. Mehrere Züge hatten Verspätung. Dadurch verschoben sich die Abfahrten, beziehungsweise fanden die Ab- und Einfahrten auf anderen Gleisen statt als im Fahrplan angegeben.

Endlich saß sie auf ihrem reservierten Platz. Ein freundlicher Herr hatte ihr beim Hochhieven des Koffers geholfen. Der Großraumwagen war für sie neu. Sie kannte nur die alten Züge mit den Abteilen.

Es herrschte ein grässlicher Lärm. Eine Gruppe, der Mundart nach aus dem Kölner Raum, war auf der Fahrt in ein Kegelwochenende. Alle Mitreisenden wurden zwangsläufig davon unterrichtet, welche Vorlieben oder Handicaps der eine oder andere hatte. Und obwohl sie sich schon Jahre kannten und anscheinend gemeinsam regelmäßig Ausflüge unternahmen, lachten sie schallend über die ihnen längst vertrauten Anekdoten.

Der Dialekt und das übertriebene Lachen taten ihren Ohren weh. Sie wünschte sich, allein in ihrem Auto zu sitzen. Niemanden neben sich zu haben. Sie versuchte krampfhaft zu lesen. Nach ein paar Seiten merkte sie, dass sie nicht eine Zeile behalten hatte.

In Würzburg hatte der Krach endlich ein Ende. Der junge Mann neben ihr stöhnte erleichtert auf und sagte laut: „Na, Gott sei Dank!"

Sie fragte: „Lag das an der Mentalität oder an der Masse?"

„An beidem", antwortete er und machte es sich in seinem Sitz bequem.

Ihr Blick schweifte umher. Sie erkannte an der Stirnseite des Waggons ein rotes WC-Schild und las über ihrem Kopf neben den Sitzplatznummern die reservierte Strecke. Demnach fuhr ihr Sitznachbar auch bis Passau. Er schien eingeschlafen zu sein.

Sie erhob sich leise und ging Richtung Toilette. Dabei kam sie an dem freundlichen Herrn vorbei, der ihr mit dem Koffer geholfen hatte. Sie lächelte ihn an, aber er blickte stur in seine Zeitung.

Hoffentlich hat er sich keinen Bruch gehoben, dachte sie schuldbewusst und auch traurig. Ihr Lächeln hatte nicht mehr dieselbe Wirkung wie vor vierzig Jahren.

Sie erinnerte sich plötzlich an eine Zugfahrt von Hannover nach Frankfurt. Damals befand sie sich auf dem Heimweg. In Hannover hatte sie bei einem Weihnachtsmärchen mitgespielt. Es war der 30. Dezember. Schneeregen hatte sie das kurze Stück vom Bus bis zum Bahnhof völlig durchnässt. In jeder Hand eine Reisetasche konnte sie unmöglich einen Schirm halten.

Der Zug war voll. Jeder Sitzplatz belegt. Sie musste im Gang stehen. Ein junger Mann bot ihr Tee aus einer Thermoskanne an.

Sie lächelte. Und damals bewirkte dieses Lächeln noch, was sie später häufig als Wunder bezeichnete. Sie war nie besonders hübsch gewesen, aber Männer bescheinigten ihr immer wieder das gewisse Etwas, das sie animierte hinzuschauen und mit ihr in Kontakt kommen zu wollen. So war es auch diesmal.

Zunächst, so meinte er später, habe er nur Mitleid gehabt, wie sie so dastand, müde und triefend nass, und wie sie krampfhaft versuchte, sich irgendwo festzuhalten. Er lehnte mit dem Rücken lässig an einem Abteilfenster und hielt sich an der gegenüberliegenden Wand an einer Stange fest, so hatte er einen sicheren Raum um sie herum errichtet.

Sie wusste schon nach wenigen Sätzen, dass dies keine Bekanntschaft für ewig sein würde, aber jetzt genoss sie seine Nähe, seinen Schutz und sein Gerede. Er sprach unentwegt. Kurz vor Kassel kannte sie sein ganzes Leben. Sie war froh, nicht reden zu müssen. Ihm reichte ihr Lächeln, ein gelegentliches „ach ja" oder „tatsächlich" oder einfach nur „toll". Kurz vor Friedberg ging sie auf die Toilette. Sie nahm seine Hand. Er folgte ihr. Er war so erregt, dass sie nicht besonders viel davon hatte, so schnell ging es. Aber er war kräftig und zärtlich zugleich und bedeckte sie mit Küssen.

Sie liebte grundsätzlich die Männer oder besser gesagt den Akt an sich. Sie verstand nicht, dass eine Frau sich dabei angeblich etwas vergab. Es machte doch solchen Spaß. Vielleicht war das ihr Geheimnis. Sie stellte keine Forderungen, sie liebte ihre Unabhängigkeit und ihren Beruf. Sie wollte nie etwas anderes als Schauspielerin werden. Als sie es geschafft hatte, war sie glücklich und konnte sich keinen Mann vorstellen, für den sie ihren Lebenswandel jemals aufgeben würde.

Sie hatte ihrer Zufallsbekanntschaft absichtlich eine falsche Telefonnummer gegeben. Unter Küssen versprach sie ein Wiedersehen und winkte ihm beim Abschied fröhlich zu.

Jetzt schauderte sie, als sie daran dachte. Damals war sie so sorglos. Aids gab es noch nicht. Sie nahm die Pille und fühlte sich sicher. Sie behauptete viele Jahre, einen Mann nur nach einem Liebesakt halbwegs beurteilen zu können. Deshalb gehörte er für sie im täglichen Leben dazu wie essen und trinken und Sprache. Und nur, wenn ihr ein Mann in allen vier Disziplinen gefiel, wurde mehr daraus. Manchmal sogar eine jahrzehntelange Freundschaft.

Jetzt war sie alt. Viele ihrer Freunde waren bereits tot. Mit den Jahren verringerte sich ihre Zahl. Aber wenn sie ehrlich war, litt sie nun darunter, niemals geheiratet und keine Kinder zu haben.

Im Speisewagen kaufte sie zwei Tassen heiße Schokolade und eine Prinzenrolle. Sie balancierte das kleine Tablett wagemutig durch den Gang. Etwas schwerfällig plumpste sie dann in ihren Sitz, froh, heil angekommen zu sein. „Wie wär´s mit einer heißen Schokolade?", fragte sie den jungen Mann neben sich. Er blinzelte sie leicht verlegen und schlaftrunken an.

„Nehmen Sie nur, auch von den Keksen, wenn Sie mögen", forderte sie ihn auf. Und er griff zu. „Nicht ganz so gut, wie der von meiner Oma", meinte er nach dem ersten Schluck, „aber um die Uhrzeit genau das Richtige."

Sie lächelte. Und dann entwickelte sich ein reges Gespräch. Als er ihr in Passau aus dem Zug half und den Koffer bis zum Taxi schleppte, stellte sie einmal mehr fest, dass sie alt und die Zeit der Quickies vorbei, der Tag aber dennoch nicht übel gewesen war. Sie winkte ihm noch lange nach.

IM HOTEL

Der Oberkellner geleitete sie an den prachtvoll gedeck-
ten Sechsertisch am Fenster vor der Terrasse. Sie war die
Letzte. Die anderen lächelten milde, als er sagte: „So, das
ist Ihr Platz. Der Tisch mit den charmantesten Damen!"
Er war ein Profi, das merkte man gleich. Sie sagte ihren
Namen und nickte artig in die Runde, während sie sich
setzte.

Im Handumdrehen wurde ihr die Vorspeise serviert,
und ein Kellner fragte nach ihrem Getränkewunsch.
Die anderen Damen waren bereits beim Dessert, und sie
fühlte sich veranlasst, die Verspätung des Zuges als Ent-
schuldigung für ihr verspätetes Erscheinen anzugeben.
In Wirklichkeit hatte sie endlos lange gebraucht, weil
sie sich nicht entscheiden konnte, welches Kleid sie anziehen sollte. Das Ganze kam ihr jetzt blöde vor, denn
sie hatte sich noch nie allein einen Urlaub gegönnt und
musste erst lernen, selbstbewusst aufzutreten.

Sie wurde gefragt, ob sie das erste Mal hier sei, und bejahte. Eine zarte Röte überzog ihr faltiges Gesicht, denn auch das war eine Lüge.

Vor vielen Jahren, gleich nach Eröffnung dieses Wellness-Hotels, war sie mit ihm hier gewesen. Nun war es schon Jahre her, dass er sie verlassen hatte. Deshalb fand sie, dass das andere Mal nicht zählte. Lange hatte sie sich gescheut, diesen Schritt zu wagen. Erst nachdem ihr Hausarzt ernsthaft dazu geraten hatte, endlich einmal etwas für sich zu tun, hatte sie gebucht.

Die Damen am Tisch hatten ihre hitzige Debatte kurz unterbrochen, um sie gründlich zu taxieren. Da sie anscheinend in den Kreis passte, setzten sie ihr Gespräch fort, das, wie konnte es anders sein, sich um Männer drehte.

„Nie im Leben würde ich noch mal einen Tierarzt heiraten", sprach die Mitsechzigerin neben ihr mit Tränen in den Augen und starkem bayrischem Akzent. „Nur Blut und Dreck und niemals Feierabend. Meist kalben die Kühe nachts. Was glauben Sie, was das für eine Knochenarbeit sein kann."

„Hat er sich denn noch nicht zur Ruhe gesetzt?", fragte sie naiv. Aber da hatte sie einen wunden Punkt getroffen. Jetzt kullerten die Tränen tatsächlich über die rosa gepuderten Wangen. „Ja mei, was glauben Sie denn, der schafft, bis er tot umfällt. Der würde doch sein Viehzeug niemals im Stich lassen. Alles muss ich allein machen. Der ist noch nie mit mir in Urlaub gefahren. Und glauben Sie mir, als die Kinder noch klein waren, war mir das oft peinlich. Die Leute haben doch denken müssen, ich hätte keinen Mann!"

„Da geht es mir aber nicht besser", sagte die etwas Jüngere, mit Brillanten Beringte gegenüber. „Die Computerfirma meines Mannes lässt es nicht zu, dass wir gemeinsam verreisen. Ich bin die Controllerin, einer von uns muss immer vor Ort sein. Aber ich genieße das inzwischen."

„Haben Sie auch das Schönheitspaket gebucht?", fragte sie mit Blick zu ihr.

„Nein, mein Arzt hat mir die Inhalationen und Thermalbäder empfohlen. Ich glaube, dass ich bei meinem straffen Anwendungsprogramm gar keine Zeit für anderes habe."

„So ist es mir beim ersten Mal auch ergangen", schaltete sich eine Dritte am Kopfende des Tisches ein. „Mehr als zwei Anwendungen pro Tag sollte man nicht machen. Sie ermüden zu stark. Am sinnvollsten ist es, zwei- bis drei Mal im Jahr herzukommen und die Therapie zu wiederholen. Dann schlägt sie am besten an."

Alle nickten beflissen mit ihren blond oder braun gefärbten Bobfrisuren und den perfekt geschminkten Mündern. Sie fühlte sich mit ihrem grauen Dutt und so ungeschminkt regelrecht nackt, aber ihr erlesenes Seidenkleid mit dem wundervoll weich fallenden Kragen, der den Granatschmuck vollendet zur Geltung brachte, schien die Damen für sie eingenommen zu haben, denn jede war bemüht, ihr die besten Ratschläge für die Kur zu geben.

Sie hoffte inständig, dass sich alle bald verabschieden

würden, damit sie ihr Mahl in Ruhe noch genießen konnte. Aber diesen Gefallen taten sie ihr nicht. Als müsste die Herde auch auf das letzte Schaf warten, sahen sie ihr seelenruhig beim Essen zu, um sie dann mit in die Bar zu nehmen.

„Sie glauben gar nicht, wie gut Sie nach ein paar Jack Collins schlafen", rieten sie ihr, nahmen sie in ihre Mitte und platzierten sie ausgerechnet auf das Sofa, auf dem sie vor vielen Jahren bereits schon einmal gesessen hatte. Sie hatte das Gefühl, auch der Pianospieler sei immer noch derselbe. Sie lächelte. Und die Damen lächelten ebenfalls, glaubten sie doch, sie mit ihrer Gesellschaft glücklich zu machen.

Sie trank und bereits nach ein paar Schluck spürte sie die Wirkung des Alkohols. Jetzt nur nichts Falsches sagen, dachte sie und beschränkte sich auf Lächeln, freundliches Kopfnicken oder erstauntes Kopfschütteln und trug ansonsten wenig bis gar nichts zur Unterhaltung bei. In Gedanken war sie weit weg.

Sie hatte damals das rote Kleid getragen, das er so sehr liebte. „Lady in red", hatte er ihr zärtlich ins Ohr geflüstert, „meine Prinzessin." Wie viele Frauen vor ihr und nach ihr hatte er wohl so genannt? Aber immer wieder war sie seinen Einladungen gefolgt. Sie hatten sich von Sylt bis Garmisch in den schönsten Hotels getroffen. Er musste viel Zeit darauf verwendet haben, die schicksten, neuesten Häuser ausfindig zu machen, und am Ende hatte immer sie alles bezahlt, weil er bei Nacht einfach verschwand.

Ein Hochstapler, ein Blender war er, und ihr Verstand hatte vom ersten Augenblick an gesagt: Lass das! Und dennoch wollte sie diese exquisiten Schmeicheleien hören, für ein paar Nächte sich als Prinzessin fühlen, egal was es kostete.

Niemals hatte sie über ihn mit jemandem gesprochen. Er war ihr Geheimnis. Diese Dummheit zuzugeben, wäre ihr nie in den Sinn gekommen. Irgendwann hatte er sich nicht mehr gemeldet, und sie hatte von da an auch immer ihr Herz, oder sollte sie lieber sagen ihren Bauch?, eindringlich befragt, wenn ihr Verstand wieder einmal drohte, Pause zu machen.

Die Damen redeten so durcheinander, dass sie glaubte, in einem Bienenstock zu sitzen. Nach dem dritten Jack Collins winkte sie diskret nach dem Kellner und raunte ihm zu: „Alles auf meine Rechnung." Sie erhob sich ein wenig unsicher, murmelte etwas von unsäglicher Müdigkeit und entschwand. Die Damen verstummten für einen Moment und schauten ihr nach. Sie lächelte.

Ich möchte DANKE sagen allen lieben Menschen, die sich in meinen Büchern wiedererkannt und sich nicht bezüglich ihrer Charakterisierung beklagt haben.

Außerdem der wunderbaren Synchronsprecherin Katrin Decker für ihre konstruktive Kritik, und ich möchte allen Lesern und Hörern danken für die vielen lieben Mails und Gespräche, in denen sie mich bestärkt haben, unbedingt weiterzuschreiben.

Danke an meine neuen Freundinnen und Freunde in Dithmarschen. Ihr habt mich so herzlich aufgenommen, dass ich mich endlich angekommen fühle.

Ingrid Metz-Neun

Ingrid Metz-Neun
Brav kann ich auch, bringt aber nix
Roman
ISBN: 978-3-945923-20-7
168 Seiten, 10,00 €

Pressestimmen zu Brav kann ich auch, bringt aber nix:

Über Jahrzehnte beschwor Ingrid Metz-Neun allein mit dem Klang ihrer Stimme erotische Phantasien herauf. Jetzt füttert die 68-Jährige die Bilder im Kopf ihrer Leser. Der freizügige Roman BRAV KANN ICH AUCH, BRINGT ABER NIX, ein Plädoyer für ein Leben in Unabhängigkeit und für ein Beziehungsmodell, das nicht damit endet, dass Paare in Rente gehen und sich nichts mehr zu erzählen haben, sondern weiter ihre Liebe leben, kommt gut an.
Frankfurter Neue Presse

Ingrid Metz-Neun blickt auf ein bewegtes Leben zurück. Jetzt hat die gelernte Schauspielerin und Synchronsprecherin ihren ersten Roman veröffentlicht. Das Buch BRAV KANN ICH AUCH, BRINGT ABER NIX ist eine Mischung aus Fantasie und Erlebtem.
Dithmarsche Landeszeitung

Gartenarbeit, Strandspaziergänge und das Schreiben an der Nordsee – für all das hat Ingrid Metz-Neun endlich Zeit. „In meinem Kopf ist so viel, was raus will – so schnell kann ich gar nicht schreiben", sagt sie. Gerade ist ihr erster Roman erschienen – und ein Hauch Autobiografie steckt in BRAV KANN ICH AUCH, BRINGT ABER NIX.
Straßenbahn Magazin